启迪一生的斗智故事

本书编写组◎编

QIDI YISHENG DE DOUZHI GUSHI

U1002206

重新寻回难得的感动，
重新唤起对真善美的追求！

世界图书出版公司
广州·北京·上海·西安

图书在版编目（CIP）数据

启迪一生的斗智故事 /《启迪一生的斗智故事》编写组编. —广州：广东世界图书出版公司，2010. 4（2024.2 重印）

ISBN 978 - 7 - 5100 - 2223 - 4

Ⅰ. ①启… Ⅱ. ①启… Ⅲ. ①故事 - 作品集 - 世界 Ⅳ. ①I14

中国版本图书馆 CIP 数据核字（2010）第 070737 号

书　　名	启迪一生的斗智故事 QIDI YISHENG DE DOUZHI GUSHI
编　　者	《启迪一生的斗智故事》编写组
责任编辑	柯绵丽
装帧设计	三棵树设计工作组
出版发行	世界图书出版有限公司　世界图书出版广东有限公司
地　　址	广州市海珠区新港西路大江冲 25 号
邮　　编	510300
电　　话	020-84452179
网　　址	http://www.gdst.com.cn
邮　　箱	wpc_gdst@163.com
经　　销	新华书店
印　　刷	唐山富达印务有限公司
开　　本	787mm × 1092mm　1/16
印　　张	13
字　　数	160 千字
版　　次	2010 年 4 月第 1 版　2024 年 2 月第 13 次印刷
国际书号	ISBN　978-7-5100-2223-4
定　　价	59.80 元

版权所有　翻印必究

（如有印装错误，请与出版社联系）

前 言

中国历史源远流长，中国人民的智慧在历史的长河中闪烁着耀眼的光芒。他们的神机妙算是智慧，能言善辩是智慧，明察秋毫是智慧，急中生智是智慧，大智若愚还是智慧。不管是在政治、外交、战争中，还是在日常的生活琐事中，人民的智慧无处不在。

我们把精选的斗智故事分为三个篇章进行编排，不同篇章各自代表着不同的智慧：

在成功斗智篇中，我们可以看到烛之武巧言退秦师、诸葛亮用草船巧借曹操箭、贺若弼按兵不动巧胜陈军，从中学到主人翁运筹帷幄、驰骋疆场所展现的智慧；在谋略斗智篇中，我们可以看到包公戏审老鼠讽太监、王羲之一河鹅讥财主、禄东赞巧解三题娶公主，从中学到主人翁思维敏锐、巧言善辩所展现的智慧；在生活斗智篇中，我们可以看到司马光砸缸救伙伴、文彦博巧计取浮球、徐文长妙计过河取礼物，从中学到主人翁在日常生活中所展现的智慧。

我们用这些生动有趣的故事，把古时人民的智慧呈现在大家眼前。希望读者能通过阅读、学习、感悟，开阔视野，领略其中的智慧并为自己所用，更好地解决在现实生活中面临的实际问题。

编 者

目 录

成功斗智篇

谋略斗智篇

生活斗智篇

成功斗智篇

辅助君主，
驰骋疆场，
功成名扬天下。

不辱使命

晏子，春秋战国时期齐国人。他博学多才，聪明过人，是齐国著名的政治家，为齐国的富强作了很多贡献。晏子经常用巧妙的方法劝说齐国的国君——齐景公宽待百姓，为世人留下了许多动人的故事。

晏子能说善辩，所以齐景公经常派他出使各国。一次，晏子要出使去楚国，楚灵王知道了，就召集众大臣说："听说晏子是齐国能言善辩的大臣，名气虽然很大，但他身高却不足五尺（合现在1.2米左右）我想当面羞辱他一番，叫他知道咱们楚国的威风，你们谁有什么好办法？"

这时，一个大臣在楚灵王耳边，嘀咕了半天，楚灵王一边笑一边连说："好，好，这个办法好。"

得到楚灵王的赞同，提建议的那个大臣马上叫人在城门旁边挖了一个五尺高的小洞，等晏子到来时，他们就可以故意把大门关了，想让晏子从小洞进城。

晏子出使楚国那天，走到小洞前看了看，说："这是狗洞，不是城门。出使狗国的人，才从狗洞进。今天，我是出使楚国，不是出使狗国。请问我是来到了狗国呀，还是来到了楚国？"这一问闹得楚国的大臣们谁都说不出话来，只好打开城门，迎接晏子进城。

晏子见到楚王，楚王笑嘻嘻地说："怎么，齐国没有人了吗？"

晏子知道楚王是在讽刺他个子矮，但他却不动声色地回答说："您这是什么话！单是我们齐国首都临淄，就有七八千户人家。街上的行人挤得肩膀挨着肩膀，脚尖碰着脚跟。大王，您怎么说齐国没有人呢？"

楚王说："既然有这么多人，为什么要派你这样的人出使到我们堂堂的楚国来呢?”

晏子不慌不忙地回答:“噢!这您就不知道了。我们齐国派遣使臣有个规矩。对方要是个上等国家,就派一个有本事的人去。对方要是个下等国家,就派一个无能的人去。我就是个无能的人,所以才派我到你们楚国来。”几句话说得楚王张口结舌,晏子反而使楚王受到屈辱。

不久,晏子又要出使到楚国去,楚王又和左右的大臣们商量:“我这次一定要当众耍笑他一下,你们有什么好办法?”一个大臣又在楚王跟前如此这般地说了一番,楚王听了连说:“好,好!到时候咱们试他一下。”

没几天晏子到了,楚王安排了酒席招待他。大家正喝得高兴的时候,只见两个吏卒绑着一个犯人来到楚王面前。楚王故意问:“这个犯人是哪国人?犯了什么罪?”吏卒回答说:“是齐国人,犯了盗窃罪。”楚王看了看晏子,笑嘻嘻地问晏子:“齐国人都善于偷盗吗?”

晏子从容地站了起来,不慌不忙地回答:“我听人家说,橘子生在江南一带的叫做桔,又大又甜;假如把它移到江北一带,就变成枳了,又小又酸。它们的叶子很相似,果实的味道却完全不同。为什么会这样呢?这是因为两个地方的水土不同啊!现在这个人,生活在齐国的时候并不偷盗,到了楚国就偷盗,是不是楚国的水土使百姓善于偷盗啊?”

楚王听了,脸羞得通红,心想:“晏子真了不起啊!我想要笑他,没想到,反叫他给耍笑了。”

烛之武巧言退兵

烛之武,春秋战国时期郑国人。他聪颖机智,能言善辩,为郑国的富强出过力,深受郑文公的器重。

春秋战国时期，实力雄厚的晋国打败了楚国。以前归附楚国的陈、蔡、郑三国，都开始听从晋国的号令。但是郑国因为惧怕楚国的势力，暗地里仍然与楚国结盟。晋文公得知后，就联合秦国，共同出兵讨伐郑国。

晋、秦两国的军队浩浩荡荡地来到郑国边境，把郑国包围起来，形势十分危急。郑国国君知道大事不妙，以郑国的实力，根本不可能与晋、秦两军抗衡，就急忙派出能说会道的大臣烛之武去见秦穆公。

烛之武见到秦穆公，对他说："晋国和秦国强强联手，一起来攻打郑国，郑国肯定抵抗不住，最终必定要灭亡。这一点我们无话可说。但是，秦国距离郑国十分遥远，一旦郑国战败，土地都会被晋国占去，那么晋国的势力就会大大增强，秦国却什么也得不到。再说，晋国现在能够灭了郑国。这对您有什么好处呢？"

秦穆公听了这番话，低头沉思着。他觉得烛之武说得很有道理，这场战争最后的受益者是晋国，秦国岂不是白费力了？于是秦穆公攻打郑国的决心开始动摇起来。

烛之武看出了秦穆公的心思，就进一步说道："如果秦国能停止进攻，和郑国讲和，以后贵国有什么使臣来往，经过郑国时，我们郑国就可以做东道主，好好地招待他们。这对你们来说，不是一件挺好的事情吗？"

这下子，秦穆公彻底被说服了，立刻答应停止攻打郑国的行动。他只留下三员大将率领几千人马，驻守郑国的北部，自己则率领大部分军队撤回了秦国。

晋国听说秦穆公撤了兵，想想自己单独攻打郑国，取胜的把握不大，也只好与郑国签订了盟约，撤兵回国了。

郑国的危机就这样解除了。

少年外交家

战国时，秦国打算联合燕国一起攻打赵国，就想派大臣张唐出使燕国。可是去燕国必须经过赵国，而张唐曾经率兵攻打过赵国，他担心赵王怀恨在心，会寻他报仇，所以就装病不肯接受任务。

丞相吕不韦几次前去劝说，都碰了壁。吕不韦的家臣——年仅十二岁的甘罗主动提出，愿意去和张唐谈谈。吕不韦不客气地说："我去劝说都不行，你一个小毛孩能有什么用？"甘罗毫不退缩地回答："有志不在年高，你就让我试试啊。"吕不韦见他一脸自信，就勉强答应让他去试一试。

甘罗来到张唐的府上直言不讳地对张唐说："你违抗秦王的命令，必定会招来杀身之祸。当年，大将军白起就是因为反对秦王而丧了命，你可得吸取教训哪。"甘罗一语中的，张唐最终答应出使燕国。

说服张唐一事让吕不韦对甘罗刮目相看。接着，甘罗又主动提出出使赵国，吕不韦痛快地答应了。

赵王一见甘罗，便不以为然地嘲笑说："秦国没人了吗？怎么派个小孩子来？"甘罗反唇相讥："小小的赵国，也值得秦国派大人来吗？"赵王感觉甘罗不可小瞧，态度变得客气起来。

甘罗直截了当地问赵王："秦国和燕国就要攻打赵国了，你打算怎么办？"

这正问到了赵王的痛处。赵王急忙问："你有什么高见呢？"

甘罗答道："秦国联合燕国攻打赵国，目的无非是为了扩大地盘。如果你肯献给秦王五座城池，秦国便不会为难你。你再与秦国合作去攻打燕国，那你得到的将远不止五座城池。"

赵王被甘罗说服了，同意割让五座城池给秦国。后来，赵国和秦国一起攻打燕国，夺走了燕国的三十座城池，赵国又将其中的十一座献给了秦国。

就这样，甘罗凭借着自己的好口才，使秦国不费吹灰之力得到了十六座城池。

决定命运的铜钱

宋朝时期，大将李卫率兵征战。在一次战斗中，因寡不敌众，军队被围困在一个小山顶上。面对重重敌军，将士们都觉得突围无望，不由得军心浮动，士气低落。李卫满脸焦虑，心想："怎样才能鼓舞士气，杀出一条生路呢？"经过一番紧张的思索，他想出了一个主意。

"将士们，"李卫登高一呼，"今日我们陷入重围，敌众我寡，形势危急，可我不信我们一定会败。我这里有九枚铜钱，我要把它们撒到地上，如果它们都是正面朝上，那就是老天保佑我们的征兆，我们一定可以冲出去！倘若不全是正面，那我们就认命，投降被俘。让我们听从老天的安排吧！"

将士们将信将疑。李卫手握九枚铜钱，郑重其事地带领大家行礼，祈求苍天的保佑。将士们受他的情绪感染，都将希冀的目光投到他的手上。李卫两手相握，晃了晃铜钱，猛地撒向空中。铜钱飞快地下落，很多人都紧张地闭上了眼睛，有的则紧盯着铜钱下落的位置。说实在的，没有几个人相信，九枚铜钱那么巧都正面朝上。

"快看！"一声惊呼炸响，"全是正面！"真的，地上的九枚铜钱都是正面朝上！士兵们忍不住欢呼起来。

"既然老天爷保佑我们，那我们还怕什么！"李卫捡起铜钱，慷慨激昂地说,“让我们振作起来,冲出去!”将士们在李卫的率领下,勇气倍增,一路拼杀,竟然突破了重重包围。

获得安全后,将士们纷纷感慨:“真是老天保佑啊,否则我们肯定是死路一条。”这时,李卫不动声色地从衣兜里掏出那九枚铜钱,展示给众人看。大家惊愕地发现:这些铜钱的两面都是正面的!

背水一战

韩信是汉王刘邦手下的一员大将,善于指挥作战,常常出奇制胜。在率兵攻下汉中后,韩信接着往东攻打赵国。

赵王得知和韩信要来攻打自己,赶紧招来大臣们商讨对敌之策。大臣李左车建议道:“在韩信的必经之路上,有一个叫井陉口的山口。如果我们一边派兵堵住井陉口,一边再派兵从后面切断汉军的粮草辎重,这样,韩信缺少了后援,必定会败走。”大将陈余却反对这个提议,说:“汉军兵力不如我们雄厚,我们又是以逸待劳,应该从正面与汉军交锋,给他们迎头痛击。”两种意见谁也说服不了谁,赵王一时难以定夺。

韩信了解到敌军的情况后,命令部队在离井陉口三十里外的地方安营扎寨。半夜时,他只让将士们简单吃了点儿东西,并告诉他们等打了胜仗后再大餐一顿,从而激发起将士们高昂的斗志。接着,他故意命少数士兵背靠河水排列阵势,引诱赵军来战。随后,他又派两千轻骑兵抄小路赶往赵军营地,命令他们待赵军离营作战时,迅速冲入赵军营中,换上汉军的旗号。

双方展开激战后,汉军假装败阵,退到河边阵地。赵军见汉军已经无路可退,便倾巢而出,全力追击。韩信随即命令主力部队出击。此时,退至水边的士兵因为再无退路，如果不奋力反抗，只有死路一条，危急之际，激发了他们无穷的勇气和斗志，开始英勇地向敌军反攻。

汉军勇猛的攻势让赵军招架不住。眼看形势不利，赵军急忙撤退，仓皇向自己的军营逃去。可是等他们逃到军营前一看，营中已经遍插汉军的旗帜，这下赵军完全乱了阵脚，溃散而逃。汉军乘势追击，大获全胜。

庆祝胜利时，将士们问韩信为什么让他们背水排阵，这可是用兵布阵的大忌呀。韩信笑着说："兵法上说，置之死地而后生。正因为背水而战，没有退路，将士们才不会逃散，只能拚死作战。这样才能取得胜利呀。"

草船借箭

三国时期，东吴的大都督周瑜有勇有谋，他对自己的才能颇为自负。蜀国的军师诸葛亮运筹帷幄，指挥若定，显示出非凡的军事才能，为此周瑜暗暗嫉妒。

在蜀国与吴国商定联手抗曹之际，周瑜见到诸葛亮，便有意为难他，想借机除掉自己的心头之患。一天，周瑜故意请诸葛亮一起商量军事。周瑜问："和曹军在水上交战，什么武器最好？"诸葛亮答道："当然是弓箭。"周瑜趁机说："如今军中缺箭，想请先生十天内监造十万支箭。"

诸葛亮痛快地接受了任务，还说："我只用三天便可以交箭。"周瑜想："三天内造出十万支箭绝对不可能。如果诸葛亮完不成任务，我就可以名正言顺地杀了他。"于是当即让诸葛亮立下军令状。周瑜又暗中吩咐军匠拖延时间，不给诸葛亮提供造箭的材料。

一连两天过去了，诸葛亮不慌不忙，造出的箭寥寥无几。周瑜暗自高兴，想着这次诸葛亮必死无疑。

其实诸葛亮早已有了打算。他暗地里借来二十只快船，每只船配备三十名士兵，船上用青布帐幕遮盖，再在船的四周立上一千多个草人。到了第三天凌晨时，只见江面上笼罩着浓雾，几乎看不清对面的人。诸葛亮便命士兵将草船偷偷驶近曹军水营，然后让所有的船都头朝西，尾朝东，一字摆开。接着，他又让士兵们擂鼓呐喊。

曹操听到鼓声，大惊失色，以为敌军趁雾偷袭，急忙命令弓箭手向江中射箭。刹那间，箭如雨发。等云开雾散太阳升起时，二十只草船上都插满了箭，数目不止十万支。诸葛亮让士兵们高喊着"谢曹丞相赠箭"便迅速撤离。曹操这才明白中了诸葛亮"草船借箭"之计。

原来诸葛亮通晓天文气象，早就算准第三天会有大雾，所以才敢和周瑜立下生死军令状。知道事情经过后，周瑜慨然长叹："诸葛亮计谋高明，我不如他呀。"

蒋干中计

三国时期，曹操率领八十万大军南下，进攻东吴。因曹军全是北方士兵，北方士兵不习惯水上作战，所以初次和吴军交战就吃了败仗。曹操便命蔡瑁、张允为水军都督，加紧训练水军。

东吴的大都督周瑜亲自去侦察曹操的水寨，发现曹军训练有素，布阵十分严整。周瑜暗中吃惊，就想除掉蔡瑁、张允。

曹操输了第一战，又听说周瑜来打探过水寨，就召集众将商议对策。谋士蒋干主动提出："我和周瑜从小一起读书，交情不错。我愿意凭着三寸不烂之舌，去劝他投降。"曹操一听大喜，立刻命蒋干出发。

周瑜一见蒋干就问："你是来劝我投降的吧？"蒋干连忙否认："当然不是，好久没见，我是特意来看望你，叙叙同学友情的。你要这么说，我就告辞了。"周瑜这才笑着挽留他。

周瑜摆下盛宴，安排各位文武官员都来与蒋干会面。周瑜对大家说："今天我们要尽情饮酒，谁也不准提军队的事情！违者斩首！"蒋干吓得什么也不敢说了。

当天晚上，周瑜喝得大醉，邀请蒋干在他的营帐里住一夜再走。到了二更，蒋干听到周瑜鼾声如雷，就悄悄地起床，偷看周瑜桌上的文件。

他看到一个信封上写着"蔡瑁、张允封"，打开一看，里面写的是蔡、张二人准备找机会杀了曹操，把他的首级献给周瑜。这可是重要的情报！蒋干急忙将信藏到怀里，然后躲到床上继续假睡。

天快亮时，有人来向周瑜报告："蔡、张两位都督……"周瑜让他们小声点儿，不要被蒋干听到。蒋干闭着眼睛，假装打着呼噜，其实正竖着耳朵听呢。

等周瑜重新睡下后，蒋干溜出营帐，火速赶回曹营汇报。曹操看了蒋干偷回的信，勃然大怒，立刻下令将蔡瑁、张允斩了。

行刑后，军士将蔡瑁、张允的首级献上来。曹操才猛然醒悟，知道自己中了周瑜的借刀杀人之计。

火烧栈道

秦朝末年，刘邦率领十万大军对秦朝的咸阳发起了最后的进攻，秦朝皇帝子婴被迫向刘邦投降，秦朝灭亡。另一位非常有实力的将领项羽见刘邦先攻入了咸阳，非常生气。他亲自率领四十万大军也进入了咸阳。项羽仗着自己兵多将广，完全没有遵守当初和所有反抗秦朝的起义军的首领们订下的谁先进入咸阳谁就为王的约定，自立为霸王，刘邦只被封为汉王。随后刘邦被派到了当时十分偏僻荒凉的巴蜀和汉中地区去，而土地肥沃、物产丰富的关中地区则分给了另外三个从秦朝那边投降过来的将领，项羽让他们守住关中，阻止刘邦进入关中地区和自己争权。

刘邦非常不满，认为这样不公平。但是因为当时没有能力与项羽对抗，只好忍气吞声地同意了项羽的安排，到自己所管辖的巴蜀汉中地区去了。路上，刘邦的谋臣张良对他说："大王，我们这次前去汉中，一定要将进入关中的那条十分险恶的栈道给烧了。"刘邦听了很不解地问："为什么要将栈道烧了？这可是通往关中的唯一一条栈道。"张良说："大王，烧这条栈道是必须的。我们将栈道烧了之后，项羽就没有办法派人来偷袭我们了。此外，这样做还可以向项羽表示我们没有再进关中的意思了，这样他才会放松警惕，不防范我们，而我们就可以趁此机会好好地扩充我们的力量，吸引有才能的人来帮助我们。等我们准备充分，有了和项羽争天下的能力之后，再想办法杀回关中就行了。"刘邦听了张良的话，认为非常有道理，于是就下令在离开的时候将栈道烧掉了。这个办法果然让项羽安下心来，再没有过多地去关注刘邦的动向了。

等到刘邦有实力时，刘邦趁乱想带领军队向关中地区进发。但他手下大将韩信向刘邦建议说："大王，如果我们现在大张旗鼓地向关中地区进发，关中的雍王章邯一定会派大部队堵截我们，所以我建议用一小部分的士兵去修复以前烧掉的那条栈道，让章邯以为我们会从栈道进入关中，而我则带领大军从另一条小道悄悄地杀向关中的要塞陈仓。只要陈仓被我们攻下来，就等于是为大王打开了通往关中的大门。请大王一定要采纳我的这个方案。"刘邦听了之后连连点头，对韩信说："我知道你非常懂得领兵打仗，这个方案非常完善，就这样决定吧。"留守在关中的章邯听说刘邦在修栈道，果然上当了。他对手下人说道："这个刘邦，当初以为自己把栈道烧了是一个高明的办法，没想到现在却成了阻止他进关中最大的障碍了。哼，照他这样修下去，不知道什么时候才能将这条栈道修好，现在根本就不用去管他了。"

就在章邯放松警惕的时候，韩信已经带着大军从另一条小道悄悄赶到了陈仓附近。他趁守城的军队没有防备的时候，突然发起攻击，很快就将陈仓给拿了下来。当章邯知道陈仓被韩信攻下来时，是既震惊又着急，急忙带着军队前去救援。可惜这时已经来不及了，韩信趁着打下陈仓的势头，立刻向关中发起了进攻，而关中的老百姓则纷纷起来响应。就这样，在韩信的帮助下，刘邦终于再一次攻入了咸阳城，为将来彻底打败项羽建立汉朝打下了坚实的基础。

纪晓岚投江

纪晓岚是清朝乾隆年间有名的文人，他不仅才华横溢，而且机智善辩，反应敏捷，经常在乾隆皇帝给他出难题的时候，凭着机智化险为夷，连乾隆皇帝也以和纪晓岚斗智为乐。

有一次，纪晓岚奉命陪同乾隆皇帝出巡江南，在拜祭过史可法的祠堂后，乾隆皇帝带着纪晓岚等人乘坐龙舟准备前往镇江。一路上，龙舟在江中航行着，两岸的景色秀丽怡人，柳树的枝叶在风中摇曳生姿，微风吹在脸上，感觉舒服极了。这时，乾隆皇帝突然对纪晓岚说："纪爱卿，听说你对史可法史大人非常景仰是吗？"纪晓岚听了一愣，不知道乾隆皇帝又要出什么花样了，只好老实地回答道："是的，我非常景仰史阁老，他的忠心是每一个做大臣的榜样，所以我对他老人家非常仰慕，希望自己也能像史大人一样为国为民，赤胆忠心。"乾隆皇帝听了之后点了点头，然后又说："听说自古以来忠臣都是不怕死的，对吗?”听到这里,纪晓岚心里就更警惕了:皇上今天怎么突然这么说呢?自己一定要小心一点才行,否则就会落入皇上的圈套里了。于是,纪晓岚十分小心地回答道:“是的,忠臣一心为国为民,当然不会害怕死亡。”乾隆又问:“那么,纪大人你是不是也是忠臣呢?”纪晓岚回答道:“我当然是忠臣,我对皇上始终是忠心耿耿的,为了大清国和老百姓,我会万死不辞的。”乾隆听纪晓岚这么一说,笑了起来:“万死就不用了,只要一死就行了。”纪晓岚听皇帝这么说,心里就觉得不妙了,但看见乾隆笑嘻嘻地望着自己,自己不能不回答,就硬着头皮答道:“如果皇上要我死,我当然就必须死,不死的话就不是忠臣了。”乾隆指着船边的江水说:“那我现在就命令你从船上跳下去,投江而死,你愿意吗?”

这句话一说出来,两边陪同的大臣们都吓了一跳,害怕乾隆皇帝是说真的,因为纪晓岚根本不会游水,如果跳下去,一定会被淹死的,所以大臣们赶紧准备为纪晓岚求情,却听纪晓岚大声说了一句:“是,我这就跳下去。”说完,就走到船边,做出了准备跳水的样子,可又一下子停了下来。只见他在船边对着江水恭恭敬敬地鞠了一躬,然后嘴里就开始叽叽呀呀地说话,好像正在和谁谈话一样。

乾隆皇帝看着纪晓岚在那里表演,心里觉得好笑,他并不是真要让纪晓岚去死,只不过觉得乘船太久,有点闷,想跟纪晓岚斗斗智,解解闷。他知道纪晓岚是绝对不会跳下去的,只是想看看纪晓岚如何来解决这个难题。乾隆皇帝坐在椅子上耐心地等着纪晓岚回话。过了一会儿,只见纪晓岚又对着江水施了一礼,然后嘴里连声说:“是,是,是!”就转过身来走到皇帝面前。乾隆皇帝问道:“你不是说君叫臣死,臣如果不死就是不忠吗?为什么我叫你去跳江,你不去跳反而又回来了呢?难道你觉得你不算是一个忠臣吗?”纪晓岚回答说:“本来我是准备从船上跳下去的,可正当我要跳的时候,突然看见千年前的楚国大臣屈原先生,他叫我不要跳江。他说,他当年是因为楚怀王忠奸不分,喜欢奸臣,残害忠臣,最后让自己的国家都给秦国消灭了,自己是因为对楚怀王的强烈不满和对国家被灭亡的伤心才跳了汨罗江，而现在的皇帝十分贤明，爱护百姓，信任忠臣，远离小人，国家强盛富裕，天下太平。如果你投江死了，就会让别人说现在的皇帝是个不仁义的人，是昏君，所以你千万不能死，你快回去向你的君王说明这一点。我听了屈原先生的话，也觉得很有道理，所以就不敢再投江了，否则就会让皇上变成昏君了。”

乾隆听了纪晓岚的这番话，忍不住哈哈大笑起来：“你果然是机智过人，反应敏捷。我也并不是真的想让你死，只是想看你怎么过今天这一关，没想到你搬出了屈原先生，真是厉害呀！”

聪明的纪晓岚机智地赢了乾隆皇帝。正是由于他的智慧，才在伴君如伴虎的情况下一直顺利、平安地渡过了为官的几十年。

三条妙计

三国时期，刘备联合孙权共同作战，在赤壁用火将曹操的百万雄兵烧得伤亡惨重，这一场战役之后，曹操元气大伤，不敢再轻易兴兵攻打孙刘两家了，而刘备也趁机占领了荆州。可是，当时的荆州有一部分还是由孙权占领的，所以刘备就采用了诸葛亮的方法，向孙权提出借用荆州的南郡来休整一下自己的队伍，而孙权因为刘备和自己刚刚并肩作过战，所以不好拒绝刘备的请求，就将荆州借给了刘备，这就是所谓的刘备借荆州的由来。

刘备借了荆州之后，根本就没有打算还给孙权。孙权见刘备迟迟不还荆州，心里十分生气，想要率兵去强夺回来吧，又担心一时半会儿打不下来，反而给最大的敌人曹操创造了进攻自己的机会，不夺回来吧，心里这个窝囊气又出不了，憋着太难受。这时，孙权手下的兵马大将军周瑜给他出了一个主意，说："这件事情不可以强取，只能用计谋讨回来。刘备刚刚死了妻子，主公可以以把自己的妹妹嫁给刘备为由，将刘备骗到东吴成亲，乘机将他扣下，然后就能逼诸葛亮用荆州来换回他们的主公。"孙权听了觉得这个计划很不错，于是就派吕范去荆州提亲。

当刘备听了吕范的来意之后，他婉言谢绝了，并告诉吕范说自己的年龄太大了，而孙权的妹妹正是青春年少的时候，如果嫁给自己会很委屈的。这事让诸葛亮知道了，他明白刘备是担心自己去了东吴之后就回不来了，所以不敢去。诸葛亮就想出了计谋并对刘备说让他放心，自己有办法让刘备既能娶到孙权的妹妹为妻，又能平安地返回荆州。于是刘备这才答应了这门亲事，并决定带上赵云一起去东吴成亲。临走的时候，诸葛亮将赵云叫到自己的面前，给了他三个锦囊，并告诉赵云这三个锦囊里面有三条妙计，到了东吴之后，必须在自己规定的时间将锦囊按顺序拆开，并且按照锦囊里的计划行动，这样保证他们能平安回来。

到了东吴之后，赵云打开了第一个锦囊，依计立刻派出跟着刘备到东吴来的五百名随从四处采购结婚用的东西，并大肆宣扬孙权将自己的妹妹嫁给刘备的消息，让全城的人都知道了这个喜讯。同时，赵云还和刘备去拜望了东吴的国丈乔国老，并和乔国老搞好关系，请他去向孙权的母亲说这件事，乔国老果然高高兴兴地进宫去见孙权的母亲，并把这件喜事告诉了她，还向她道喜。孙权的母亲听了乔国老的话之后才知道有这么一件事情，她非常生气，就将孙权叫了过来，责问他为什么没有向自己报告把妹妹嫁给刘备这件事。孙权见母亲已经知道了，只好将实情告诉了母亲。孙夫人告诉孙权自己要见一见这个刘备，如果看上了，就真把女儿嫁给他，如果没有看上，就随便孙权怎么处置刘备了，孙权对母亲十分孝顺，只好同意了母亲的要求。第二天，孙权的母亲就和刘备见了面。

孙夫人发觉刘备是一个不错的人，再加上乔国老在旁边一直说刘备的好话，就同意了这门亲事。孙权没有想到事情会发展到这种地步，他不敢违背母亲的意思，只好将妹妹嫁给了刘备。刘备在东吴的王宫里生活得十分舒适愉快，玩得不想走了。这时赵云打开了诸葛亮给的第二个锦囊，然后依照锦囊里的指示，故意装出很惊慌的样子去找刘备，说是曹操又派了几十万大军前来攻打荆州了。刘备一听十分着急，就很想回荆州去，可又舍不得新婚的妻子，这时，刘备的新婚妻子就告诉刘备自己要和他一起回去，为了不让孙权起疑心，他们装着到江边去祭拜祖先的样子，趁孙权派来的随从不注意时趁机逃跑了。当孙权得知刘备已经逃跑时，立刻派出人马前去追赶。眼看追兵就要赶上了，赵云赶紧打开了第三个锦囊，然后将锦囊递给了刘备。刘备看过之后又给了自己的妻子，妻子看过锦囊之后，立刻将自己坐的轿子的帘子揭开，生气地训斥追兵。因为她毕竟是孙权的妹妹，所以带兵前来的将官也不敢得罪她，只好停下了。

等孙权赶来时，刘备已经带着自己的新婚妻子一行人乘着诸葛亮派来接应的船只离开了。孙权望着远去的船只，只得垂头丧气地回去了。

木头人

春秋时期，齐国国君齐桓公在宰相管仲的帮助下，推行了许多改革措施，让齐国的国力大大地加强了。正当人们为天下太平而高兴时，齐国北面的山戎却出兵攻打和齐国结盟的燕国，企图削弱齐国的力量，并向齐国提出了挑战。

燕国的国君亲自率领了两万大军前去迎战山戎军队，却在一个名叫鬼泣谷的地方被山戎的军队包围，差点全军覆没，最后只剩下一千多人逃了出来，不仅如此，还被山戎军队乘胜追击，夺走了几座城池，使山戎军队都快逼近燕国的国都了。在这非常危急的情况下，燕国向齐国发出了求救信号，作为同盟的齐国肯定不会不管，于是齐桓公亲自带领五万大军前去增援燕国，准备将山戎的军队打回去。

齐国的军队要去救燕国，就必须经过鬼泣谷这个地方。当时担任齐军统帅的就是齐国的宰相管仲。他先是派遣了一位名叫虎儿斑的大将担任前锋官，这位将军一路上十分勇猛，打得山戎的军队望风而逃，很快就收回了燕国被占领的城池，可当这位将军打到鬼泣谷的时候，他却无论如何也不肯再往前行了，他告诉齐桓公和主帅管仲，前面就是让燕国损失了两万大军的十分凶险的鬼泣谷，自己是绝不敢冲进去的。由于这位将军是齐国的友邦派来支援的，管仲不太好用军法去处罚他，只好将他的先锋官给撤下来，让他在队伍后面守着，然后管仲亲自到鬼泣谷外面进行观察。只见鬼泣谷里面只有一条小道可以通行，而且道路两边的山都很陡峭。敌人如果在谷里设了埋伏的话，进去的军队大概就只能是去的多回来的少了，难怪燕国两万大军被打得只剩下一千人了。管仲看了地形之后就回到了军营，思考了一晚上，终于想出了一个过鬼泣谷的好办法。

第二天，管仲命令士兵们到军营周围砍来许多大树，然后又派自己的两员大将做先锋，准备向鬼泣谷前进了。他们先是将一辆辆战车的车轮捆上麻布，使车子的声响降到最小，然后将拉车的战马的嘴用网子套住，不让战马发出声音，而士兵们站在车上全身都用盔甲遮盖得很严密，头上全部戴着头盔，手里握着兵器，车上插着齐国的战旗，浩浩荡荡地向鬼泣谷前进。

山戎的军队果然在鬼泣谷设了埋伏。当齐国的军队进来之后，山戎的首领密卢立刻下令攻击。只见无数的巨石和大木头从两边的山上滚下。

这些巨石和大木头飞下山来砸在齐军的战车上，将齐军的战车打得七零八落，有的马被砸死了，有的车被砸坏了，有的士兵被砸下车来。一阵飞石之后，密卢就带领自己的军队从山上冲了下来，准备将齐军消灭干净。只见密卢冲到一个仍然站在车上的齐军将领的面前，用手中的武器朝着这名将领的头上狠狠砸来，一下子将其头盔给砸飞了，可当他仔细一看，这哪里是什么齐军呢，明明就是一截木头呀！密卢知道自己上了齐军的当，可是立即下令撤军已经来不及了，因为齐军已经占领了山头，反而对山戎军队形成了包围，并派弓箭手向山戎的军队射出了无数的利箭。山戎的军队伤亡惨重，就连首领密卢也受了重伤，在手下的拼命保护下才逃了回去。

就这样，齐军在管仲的巧妙安排下，不仅顺利通过了鬼泣谷，而且还将山戎的军队打回了自己的国家，解除了燕国的危急，巩固了齐国在同盟国中的地位。

宗悫巧计破敌

宗悫是南北朝时期的人，他从小就有远大的志向，刻苦练武，直到练成了才对他的哥哥说：“我有了本事，就可以乘长风破万里浪。”后来宗悫真的成了一位赫赫有名的大将军。

宗悫武艺高强，在家乡制服了好几个抢劫的强盗，家乡人都称他是无畏少年。成年以后，有人推荐他当了振武将军，宗悫到了部队，果然英勇善战。当时，有个林邑王发动叛乱，占据了一个地区，当地百姓叫苦不绝，宗悫率部下将叛军的驻地团团围起，准备一举歼灭叛军。

叛军头目林邑王老谋深算，奸诈无比。他暗暗思忖，深知自己论兵力论武艺都及不上宗悫，要想不失败唯有用计谋智胜宗悫。林邑王召集军师们出谋划策，想了几天几夜，终于酿成一条妙计。林邑王得意地捻着胡子大笑起来，因为在他看来，宗悫虽然勇猛，可毕竟年轻了点，没有什么经验，这次必败无疑。

林邑王派人暗中买了几百头大象。到了交战那天，他命令部下驱赶大象，直冲宗悫的队伍。刹那间，疯狂的象群甩动长鼻子猛冲起来，尘土飞扬，地动山摇，真有排山倒海之气势，仿佛能把宗悫的队伍踏成肉饼。

突然，象群乱了起来，有的原地站住，有的干脆杀了回马枪，朝叛军冲去，撞得敌兵人仰马翻。原来，大象群冲到宗悫的阵前，迎面出现许多狮子，一个个张着血盆大口，拖着长长的舌头，样子极其凶猛，刚才还不可一世的象群立刻吓破了胆，纷纷逃命。不等宗悫用兵，叛军已被冲得落花流水，溃散了大半。很快，宗悫的部队就取得了胜利。

林邑王搞不懂这是怎么一回事。后来才知道那些狮子全是宗悫派人做的模型，只不过形象逼真罢了，林邑王不禁使劲拍打自己的脑袋，连连骂自己是个笨蛋。

原来，宗悫得知林邑王在四处购象时，就已识破了敌人的阴谋。很快想出高明的对策，召集了能工巧匠，连夜赶制了许多狮子模型。巧匠们得知这关系到是否能挫败叛军，个个干劲十足，将狮子模型做得栩栩如生，真假难辨。

很快，宗悫就率兵收复了叛军的驻地，解救了当地的百姓，并将叛军搜刮的金银财宝分给穷人们，接济他们的生活。

踩了庄稼的牛

申叔时是春秋时期楚国的大夫，一向以机智过人、做事稳重、计划周全而著称。他是楚庄王十分器重的一位大臣，凡是需要决定重大事情时，楚庄王一般都会与申叔时商量之后才决定，而申叔时也总是给楚庄王一些非常妥当的意见，帮助楚庄王一起治理楚国。

一次，和楚国结成了盟友关系的陈国发生了政变，陈国的国君陈灵公被他的大臣夏征舒给杀死了，陈国太子逃到了晋国，而陈国的几名王公大臣则逃到了楚国，向楚庄王哭诉陈国发生的变化，希望楚庄王能看在两国是同盟国的关系，为陈灵公报仇，迎请太子回陈国，恢复陈国的江山。楚庄王听后立刻派大军前去攻打被夏征舒临时统治了的陈国。在楚国大军的强大攻击下，夏征舒的军队很快就被打垮了，夏征舒也被杀死了，而这时的楚庄王却多了一个想法，现在自己打下了陈国，干脆就让它成为自己的一个县算了，没必要将陈国逃走的太子迎回来当国君。于是，楚庄王打下陈国之后，就迟迟没有去迎接陈国的太子，这让陈国的几位大臣非常困惑，不知道楚庄王在打什么主意，心里不由得十分不安。这时，出使齐国的楚国大夫申叔时回到了楚国，他已经听说了楚国帮助陈国平定内乱的事情了，楚庄王的心思他也明白了七八分，而且也知道应该怎样为楚庄王分析这件事的利害关系，于是，他一回国，就急着去见楚庄王了。

当楚庄王见到申叔时的时候，楚庄王非常高兴，问申叔时出使齐国的经过。申叔时将去齐国的情形向楚庄王讲述了一遍，然后就没有再说什么。楚庄王又问："你可知道陈国发生的事？"等了一会儿，见申叔时没有说其他的事，就忍不住问："陈灵公被自己的大臣夏征舒杀了，其他的诸侯国竟然没有一个站出来为他主持公道，只有我楚国为陈灵公报了仇，而且只要我愿意，我就可以立刻让楚国增加许多土地，大夫难道不觉得应该恭喜我吗？或者大夫觉得我做错了吗？"申叔时赶紧回答道："大王能为陈灵公主持公道，当然是非常值得称赞的，只是刚才我正在想一个让我很头痛的案子，一时忘了向大王表示祝贺了。"楚庄王一听觉得十分奇怪，居然有让申叔时感到头痛的案子，于是问道："是什么案子，竟然让你这么为难？说出来让我也听一听吧。"

申叔时说道:“事情是这样的。在我回到国内时,正遇到有人来告状,说是他牵牛回家从别人田里经过时,将别人田里的庄稼给踩坏了,田的主人非常生气,就把他的牛给抢了,说什么也不还给他。这两人都有自己的道理,所以我不知道该怎么判这个案子,正在为这事头痛呢。”

楚庄王听了之后说:“我看应该让田主人将牛还给人家。”

申叔时问道:“为什么呢?牛踩了别人的庄稼呀!”

楚庄王回答道:“虽然牛踩了别人的庄稼是牛主人的不对,但是田主人却因此将别人的牛据为己有,就更不该了,实在是太过分了。”说到这里,楚庄王似乎明白了,他看着申叔时笑着说:“大夫好聪明,你是绕着弯子说我像田主人一样过分!”申叔时也笑着回答道:“这可不是我说的,这是大王自己说的呀。”楚庄王笑着说:“好吧,我这就将牛还给陈国吧,你看如何呢?”申叔时施了一礼说:“大王真是贤明呀,我替陈国百姓谢谢您啦。”

于是楚庄王让那几位陈国的大臣前去晋国将太子迎回陈国当了国君,就是陈成公,并帮助他重新治理好陈国的朝廷。陈成公非常感激楚王,陈国的百姓也对楚庄王的大义相助感恩戴德。从此,陈国就依附于楚国,成了楚国的一个属国,对楚国十分忠心,而诸侯国更是对楚庄王的这种讲信用有道义的精神非常佩服,这为楚国成为诸侯国的盟主奠定了基础。

谣言火牛破燕军

田单,最初只是齐国的一个下层官吏。燕国大将乐毅率兵攻打齐国时,齐军大败。当燕国军队又全力围攻即墨城时,田单因胆识过人被推举为统帅,带领即墨城的军民抵抗燕军。

田单先派人四处扬言说:“齐国人最怕的是燕国更换主帅,把乐毅调走,那样的话,即墨城必定被攻破。”燕惠王听信了这些谣言,派遣大将骑劫来替代乐毅。燕国军队因此军心不稳。

田单又命令城中的居民,每次吃饭前都要祭祀祖先。祭品引来了很多飞鸟,在即墨城上空盘旋。田单便散布谣言说:“有一个神人即将来即墨城充当田单的军师。”他找了个士兵充当神人军师,每次发布号令时,都要装模作样地先拜一拜他。燕国人听说后,以为齐国真的得到了天助。

为了激发即墨城内军民的斗志,田单又放出风声说:“齐国人最怕的就是燕国人割掉被俘虏的齐国士兵的鼻子,挖开齐国人的祖坟。”燕国军队听了,果真把齐军俘虏的鼻子割了,还把城外所有的坟墓挖开,焚烧尸骨。即墨城里的军民见了燕军的暴行,恨得咬牙切齿,纷纷要求出城作战。

田单意识到决战的时候到了。他派遣使者带着黄金送给燕国军队的将领,说即墨城准备投降,从而使燕军放松了戒备。接着,田单在即墨城里收集了一千多头牛,给它们披上画有奇彩异纹的布衣,牛角上绑上刺刀,牛尾上扎着浸了油的芦苇。夜幕降临后,田单让士兵点燃牛尾上的芦苇,受惊的火牛立刻向着燕军狂奔。酣睡中的燕国将士被惊醒了,看见一个个庞然大物缀着五彩龙形花纹,加上一条燃烧的牛尾巴,宛如怪兽飞奔而来,一个个吓得魂飞魄散,被牛踩死刺伤无数。紧随其后的齐军奋力杀敌,打得燕国军队败退而逃。

因为田单的聪明才智,使齐国迅速收复了失地,齐襄王为此大大地封赏了田单,封他为安平君。

着火的鸡

江卣是东晋时期晋朝大将殷浩手下的得力干将，他足智多谋、英勇善战，曾经立下了无数的战功，是殷浩不可缺少的重要将领。

有一次，羌族首领姚襄因为对晋朝的统治不满，于是领兵背叛了晋朝。他依仗自己的兵力比殷浩多几乎一倍，根本没有将殷浩的军队放在眼里，竟然在与殷浩两军对垒的时候，没有按照常规的扎营方式进行，而是将自己军队的营地扎在了离殷浩驻地不到十里的地方，简直狂妄之极。

殷浩面对这个狂妄的敌人，决定要给他一个下马威让他尝尝晋军的厉害，而在这个时候就要看江卣的本领了。于是殷浩就将这个打前锋的任务交给了江卣。

江卣接到了命令之后，就领着自己的部队开始准备。在这之前，江卣按照平时的习惯打算先去打探一下敌人的情况。这天，他骑马来到离敌营不远的地方进行观察，只见对方的营帐排列得很紧密，并且用许多木桩进行了加固，整个营地显得紧凑而坚固，看样子这仗可不好打，何况敌我双方的力量悬殊太大，如果强行攻击的话，自己一定没有胜利的把握，这样的话，就只能靠智取了。江卣观察了一会儿之后，就回到了自己的营地。他回到帐篷里，将已经翻了无数次的兵书又拿出来翻看，从历代以少胜多的作战情况看，有许多都是利用自然条件进行攻击的，那么自己也应该多想一想，如何利用现有的条件组织进攻。他想起刚才看到的敌人营地，不仅帐篷之间挨得很紧，而且还用许多木材进行了加固，那么，自己就可以利用火攻的方式来进攻。想到这里，江卣一阵激动，似乎已经找到打赢这场仗的方法了，可转过来又一想，虽然火攻的方式是最好的，可是自己要怎样将这场火烧起来呢？派人潜进去放火的可能性不大，因为对方是羌族人，和自己这边的士兵没有共同的语言，派人过去很快就会被发现，而且也没有办法一下子派很多人去，所以这个方法不行。不用人去，那应该怎么将火种带过去呢？现在也没有什么牛群可以让自己利用，这可怎么办呢？江卣在自己的帐篷里走来走去，还是没有想出什么好的办法。天已经快亮了，远处的雄鸡已经开始打鸣了。听着远处传来的高高低低的鸡叫声，江卣突然心里一亮，对呀，现在现成的就可以用鸡来传播火种呀！想到这个办法之后，江卣才真的觉得自己已经稳操胜券了。

天一亮，江卣就命令士兵们赶紧去抓几百只鸡来，然后在每一只鸡的尾巴上都系上了火种，再将这些鸡的脚用绳子串起来，这样，这些鸡在跑的时候就不会跑乱了。一切都准备好了之后，江卣命令士兵们早早地吃完饭，检查自己的武器装备，然后简单地操练了一会儿，就原地待命，养精蓄锐，等天黑之后就开始战斗。

好不容易等到天黑，江卣先命令一些士兵将鸡的嘴用绳子拴上，然后悄悄地将那些鸡带到了离敌人营地不远的地方，将火种点燃之后，就将鸡群赶向了敌人营地。这几百只鸡的尾巴上全都燃着火苗，吓得这些鸡一个劲地往前跑，可是因为脚上全拴了一根绳子，所以这些鸡都直冲冲地朝着羌人的营地跑去。不一会儿，这些火鸡们就冲进了营地，那些加固用的木材和帐篷被这些火鸡们一靠近，很快就燃烧了起来。敌人完全没有想到会出现这样的情况，一个个被浓烟给熏了出来，有的连衣服都还没有穿好，更别说拿武器了。营地里一片混乱，到处是人的喊叫声、鸡的叫声、马的叫声，已经乱成了一团。

江卣见时机成熟，立刻指挥自己的部队趁敌人营地混乱的时候冲了进去。完全没有准备的敌人被这些有备而来的战士们一阵乱砍乱杀，死伤惨重，很快就被消灭了。

敌军的首领姚襄见大势已去，只好带着自己的几个亲信连夜逃了回去。江卣带队乘胜追击了一阵之后，也收兵回营向殷浩报喜去了。

巧计得京口

贺若弼是隋文帝杨坚手下一名重要的大将。他能征善战、英勇机智，是一位不可多得的军事人才。

有一年，隋文帝命令贺若弼带领大队人马前去攻打陈国，于是贺若弼带着大部队浩浩荡荡地出发了。陈国已经得到了贺若弼将要来攻打的消息。当部队来到江北时，陈国的军队就在江南严阵以待，准备和贺若弼的部队进行一场较量。

当贺若弼接到消息说敌人已经在对岸等着和自己打仗时，他决定让部队停止前进，就驻扎在对岸等待时机。他的部下不明白为什么部队要停止不前，认为应该一鼓作气打过江去，这样可以速战速决。贺若弼听了手下的意见之后，摇了摇头说："现在我们的军队是经过长途行军来到这里，而且还必须要渡江才能作战，而陈国的军队却是以逸待劳，完全可以在我们渡江的时候将我们消灭，所以我们必须想出一个保证部队能够安全渡江的方法，这样才能让我们的部队去和陈国军队作战。现在我们的当务之急是找出安全渡江的方法，这才是最重要的。"部将们一听觉得十分有理，可是有什么办法能让部队安全渡江呢？陈国因为已经知道隋朝军队的到来，对隋军采取了十分严密的监视。如果部队要渡江，陈国军队一定会知道的，这可怎么办呢？贺若弼见部将们都没有主意，就笑着说："现在大家回去休息休息吧，好好想想办法，明天再来商量吧。"大家离开之后，贺若弼却在自己的帐篷里想了一整夜。

第二天，大家又聚集在他的帐篷里商量对策。这时贺若弼说："经过昨天的思考，我已经想出了一个办法，但要求你们必须完全按照我的命令来做。"接着贺若弼命令先将准备用来渡江的船全部找一个安全的地方藏了起来，只在江边留下一些破旧的船只，同时要求部将们每天都轮换着带兵在江边打猎，最后每隔几天进行一次部队换防的演习，每次演习必须大张旗鼓，热闹非凡。部将们完全摸不着头脑，可是因为贺若弼命令只许执行，不许多问，所以谁也不敢多问，都按照贺若弼的指示做自己的事情去了。

陈国在隋朝军队刚开始换防时，以为对方要渡江打仗了，于是就开始调兵遣将准备迎战，可是准备好之后，却见隋朝军队并没有进攻的意思，而只是在自己的地方换进换出，而且陈国军队发现隋朝军队没有可以用作渡江的战船，在江边停泊的都是一些又破又旧的小船，这些船根本没有办法承载部队过江，所以陈国的军队就渐渐放松了警惕，对隋朝这边军队的调动习以为常了。到最后，无论隋朝这边有多大的军队调动，陈国军队都懒得再来看一看了。就这样，双方相持了很长的一段时间，到了第二年的春天，贺若弼已经掌握了陈国军队的布防情况以及对自己部队调动的态度后，他知道时机已经成熟了，于是命令士兵们悄悄将渡江的战船停在了江边，然后带领队伍进行了大规模的渡江准备，而对面的陈军却一点准备也没有。在贺若弼的指挥下，隋朝的军队乘陈国军队没有防备时，突然渡江，对陈国军队展开了全面进攻，而陈国军队因为没有一点防备，被隋军打了一个措手不及，手忙脚乱地仓促迎战。结果可想而知，隋军全歼了陈军，并攻下京口，夺取了徐州。随后，贺若弼又指挥部队乘胜进攻，围困了陈国的京城建康，消灭了陈国，为隋朝的统一打下了坚实的基础。

敲鼓的羊

宋朝的时候，北方的金国仗着自己兵精将强，常常越过边境侵犯宋朝的国土，而相对处于弱势的宋朝军队，虽然实力比不上敌人，却也是顽强抵抗不甘示弱，因此也让金国不敢太过放肆。

这一次，金国的军队又一次越过边境打了过来，宋朝这边奉命迎战的是一向以机智著称的名将毕再遇。在离边境不远的地方，双方军队形成了对峙的局面。为打开局面，毕再遇决定将自己有限的兵力进行调整，先运用小部队偷袭敌人，分散敌人的兵力，然后再集中力量进行攻击。

这个计策果然十分管用，小股部队的四处骚扰，让敌人疲于奔命，为找到宋军而分散了大部队的兵力。当金兵还在四处寻找宋军的踪迹时，毕再遇已经将自己的部队重新集结了起来，对敌人的大本营进行了一次有力的攻击，将金军打得四散逃跑，溃不成军，十分狼狈地逃回了自己的国家。

毕再遇一战得胜后，正准备凯旋的时候却又接到了前方侦察的报告，说金兵并不甘心这次失败，已经重新集结了几倍于宋军的兵力前来报仇，而且行军速度非常迅速，已经在距宋军兵营不远处驻扎下来了，准备和宋军决一死战。

毕再遇接到这个消息之后，十分不安，因为自己的部队和敌人的兵力悬殊太大，一旦开战肯定是败多胜少，甚至还有可能全军覆没，必须想一个十分周全的办法才能保障自己的部队不会处于一个很被动的位置，争取做到减少伤亡，甚至是没有损失的情况下全部撤退回去。

毕再遇手下的军官们听说了这个消息，纷纷给他献计献策。大家一致认为，当前唯一的方法就是退兵，但问题是怎么退兵才安全，一旦敌人发现宋军退兵了，一定会追杀上来，这样一来军队就会大乱，不但不能保存实力，还会导致宋军伤亡惨重元气大伤，所以当务之急就是找一个好办法来解决这个问题，可大家商量了半天还是没能找到一个妥善的办法。毕再遇见大家都开始着急起来了，就笑着说："大家不用太过着急，好好休息一下，明天再商量一下吧。现在敌军没有摸清我们的实力，一时半会儿不会轻易和我们开战，只能和我们形成对峙的局面，这就为我们争取了时间，所以现在先休息去吧。"大家见毕再遇这么说，只好回到自己的营帐里休息去了，毕再遇继续在自己的营帐里考虑下一步该如何行动。

第二天清晨，营里响起了一阵鼓声，这是在做例行的战前操练，而这一阵阵的鼓声却让毕再遇的眼睛为之一亮，他想到了一个安全撤军的好方法了。他让军官们全都到自己的营帐里商量退兵的事情。毕再遇等人都到齐之后，笑着告诉大家自己已经有了一个好办法，可以迷惑敌人让部队安全撤退了，大家一听都非常高兴，连忙问究竟是什么好办法。毕再遇笑着说："每次当你们听见敌方战鼓响起来的时候有什么感觉?"大家七嘴八舌地说当然是知道对方正在准备战斗了。毕再遇高兴地说："不错，的确是这样。如果我们在撤退的时候，让战鼓一直不停地发出响声，那么敌人会怎么想呢?"大家一听顿时明白了毕再遇的意思，可怎么样才能在部队离开的时候让战鼓不停地响呢?毕再遇说这就是问题的关键，他已经找到敲鼓的了，然后毕再遇带着这些军官来到存放粮草的营地，只见营地里用绳子将几十头羊捆着，旁边立了一排木架子，每个架子下面都有一面鼓，士兵们正忙着将那些羊吊在木架子上。吊着的羊因为四只脚悬空着，所以就不停地乱踩，正好踩在鼓面上，几十面鼓发出了巨大的鼓声，仿佛有千军万马正在准备战斗。众人一看就全明白了，于是大家分头回到各自的营帐准备撤离。

而在此时，对面营地里的金兵听见宋营里鼓声震天，以为是宋军打过来了，连忙整队准备迎战，可是过了一会儿，除了营地里的鼓声之外，却没有看见半个宋军士兵冲过来。金兵将领不知是怎么回事，等了一会儿之后，见还是没有宋军出来，于是认为这一定是宋军扰敌的假象，就放松了警惕。可一连两天都是这样，金兵觉得有点奇怪了，就派了几个士兵偷偷去侦察，看宋军究竟在搞什么。可是等侦察的金兵来到宋营的时候，却发现里面静悄悄的，一点儿动静也没有，就壮着胆子闯了进去。只见宋营里一片空荡荡的，没有一个士兵一匹马。金兵大吃一惊，立刻回去向主帅报告。等金兵大队人马赶过来搜查时，才发现除了那几十头被捆着的羊之外，没有一个宋兵的人影。金兵统帅这才知道自己被毕再遇给骗了。宋军已经争取到了两天的时间撤离，所以根本没有了继续追击的意义，金兵只好失望地退军回国了。

毕再遇用自己的聪明才智为部队赢得了十分宝贵的撤离时间，让部队得以安全、完整地撤退，保存了宋军的战斗实力，为将来更好地与金兵作战做好了准备。

巧计胜突厥

裴行俭是唐高宗时期的著名将领。他为人聪明机智、胆识过人、英勇善战，善于用智慧而不光凭借武力战胜敌人，是一个有勇有谋的名将。

有一年，突厥对唐朝边境发动了攻击。镇守边境的大将萧嗣业领兵前去迎敌，可是押运粮食的车队，却在半路上遇到了突厥兵的突然袭击，粮食全部被抢光，而且押送粮食的士兵也全死了。萧嗣业因为部队没有了粮食，只好撤了回来，唐军仗还没打就败下阵来，这让突厥在边境更猖狂。消息传回长安，唐高宗十分恼火，决定另派一员大将前去迎战突厥，一定要把突厥的气焰给打下去。可是，派谁去比较合适呢？唐高宗想来想去，最后决定还是派善于用头脑作战的裴行俭去当这个讨伐突厥的大元帅。于是，唐高宗一道圣旨，命令裴行俭带领军队火速前往边境上任，一定要将突厥军队赶出大唐的领土。

裴行俭接到命令后，立刻带领军队赶赴边关。当他来到离边境战区最近的朔州时，裴行俭没有再往前，而是命令部队停下休息。手下的将领没明白元帅的用意，纷纷来问裴行俭为什么不一鼓作气地杀向突厥，反而停下休息。裴行俭微微一笑说："当初萧嗣业没有能继续攻打突厥，是因为他的粮食车队被突厥兵给抢走了。失去了粮草，军队就没有办法作战了，所以我们这次前去攻打突厥，对方一定会再次来抢劫我们的粮草，所以我决定将计就计，给突厥一个突然袭击，让他们也知道我们的厉害。至于要怎么做，你们就听我的命令好了。"说完，裴行俭就下令让这些将领们回去挑选出一批身强体壮、作战勇敢、服从命令的优秀士兵，让他们全到自己的元帅府听候命令。接着，又命令手下去征集了三百辆大车，让那些被挑选出来的一千五百名士兵个个拿上大刀利箭，藏进这三百辆大车里，然后装上粮草，伪装成运粮车。士兵们已经领会到了元帅的用意，所以全都安安静静地待在粮车里，外面根本就看不出来车里竟然藏了这么多的精兵。然后裴行俭又命令另一队士兵埋伏在粮车必经的一条道上，准备接应。

当突厥军队得知新来的元帅又开始往前方运粮时，高兴地认为这又是唐朝军队给自己送礼物来了，于是像以往一样派了一支部队准备给唐朝军队来一次突然袭击。这些押运粮草的士兵早就接到命令，如果突厥兵打来，只假装抵抗一下就全部撤退，所以当他们看见突厥兵出现时，就装出惊慌害怕的样子，纷纷逃了回去。突厥兵高兴地将轻易到手的粮车往回运。当他们走到一条绿草茵茵的小溪边时，这些突厥兵就停下来解开马鞍，让马去喝水，自己也躺下休息起来。就在突厥兵完全放松警惕的时候，藏在粮车里的唐朝士兵一下子就跳了出来，拿着手里的大刀砍向那些毫无防备的突厥兵，突厥军队一下子被打蒙了，根本没有还手的机会就被杀死了不少，其余的突厥兵赶紧往回逃命，可是在经过一条山路时，又被埋伏在那里的另一支唐军给截住了。经过这一战，不仅让抢粮的突厥军队全军覆没，而且还大大地打击了突厥军队的气焰，唐军的士气一下子就提高了许多。

从此，裴行俭的名声大振。突厥兵看到唐军的粮草车队再也不敢轻易来抢了。粮草充足、士气高昂的唐朝军队在裴行俭的带领下很快打败了突厥，保卫了边境的安宁。

生擒叛徒

我国南宋时期有一位非常著名的大词人，名叫辛弃疾。他不但词文写得好，而且还是一位英勇善战的抗金英雄。

当时，南宋北方的金国经常派兵攻打宋朝，并且占据了宋朝北方的广大土地。金国士兵在这片沃土上杀人放火，干尽了坏事。北方的大宋百姓生活在水深火热之中。

但是勤劳勇敢的人民是不甘受奴役的。山东一位叫耿京的好汉就率领一支由群众自发组成的起义军，狠狠打击了金国的侵略者。

山东历城的辛弃疾，从小就文采过人，而且很喜欢舞枪弄棍，习学武艺，是个文武兼备的好后生。目睹着金国士兵强盗般的残暴行径，他早已义愤填膺。就在21岁那年，辛弃疾拉上几个要好的伙伴毅然参加了耿京的起义军队伍。由于他英勇善战、足智多谋，很快成为耿京的得力助手，并被派往南方去联络更广泛的支援力量。

谁知就在辛弃疾南下不久，起义军内部出了一个叫张安国的叛徒。张安国贪图金兵的悬赏重金，竟昧着良心暗害了耿京，然后躲入敌人的营帐。

失去首领的起义军队伍顿时乱成一团，有人高喊要攻打金营，杀了叛徒报仇；有人主张坐等朝廷派兵支援；还有人干脆要求散伙算了。就在大家乱哄哄吵得不可开交的时候，辛弃疾风尘仆仆地从南方赶了回来。

面对耿京的灵位，辛弃疾悲痛欲绝，咬紧牙关坚定地发誓说："我们一定要杀了张安国这个可耻的叛徒，为耿大哥报仇雪恨！"

"可是张安国躲到金国营帐里去了，我们抓不到他。"一个同伴皱着眉提醒说。

"他不出来我们就杀进去，就是在虎口也要把他掏出来！"辛弃疾非常坚决地回答。

"太冒险了！金营里足有上万名敌人，咱们就这点人手，怎么去捉？"同伴惊叫道。

"冒险？我们就是要冒这个险！金兵以为我们没胆量劫营，我们偏要杀进去。不入虎穴，焉得虎子。别说有上万敌人，就是再多上十万倍，我们也要杀进去！杀了叛徒，为耿大哥报仇，为将士们出口恶气，也只有如此才能稳定军心！"辛弃疾斩钉截铁地挥动手臂说道。

当天晚上，趁着漆黑的夜色，辛弃疾率领着五十位精心挑选的勇士，骑着快马，挎上刀剑，悄悄摸到金兵的大营附近。细心藏好马匹，然后身手矫健地翻过壕沟、营墙，直扑叛徒张安国居住的帐篷。

两刀结果了哨兵，辛弃疾一挑帐幕，率先冲进灯火辉煌的帐中，只见叛徒张安国正陪着两个将领饮酒作乐呢！一见起义军战士冲进来，两个将领凶狠地狂嚎一声，举起椅子就扑上来，结果没几下就被勇敢的起义军剁翻在地。众人扭头再看，叛徒张安国却溜得无影无踪。

辛弃疾稍一打量帐中摆设，冷笑一声，一个箭步冲到桌子前，把桌布向上一掀，张安国正缩在下面瑟瑟发抖呢！两个勇士快步上前，不由分说就把叛徒捆了个结实。辛弃疾一把拎起叛徒，宝剑一挥就往营外冲。

勇士们奋勇厮杀着，边战边退来到了藏马的地方。他们纷纷扳鞍上马之后，只见辛弃疾不慌不忙将叛徒牢牢捆在马鞍上，然后翻身上马，摘下弓箭，对准追兵并大声喝道：“你们这些金贼！谁敢再追一步，我就取他狗命！告诉你们，宋朝十万大军就要来到，想活命的就快逃吧！”说完搭弓放箭，为首的小头目惨叫一声跌落马下。

等其他追兵从惊恐中回过神来，辛弃疾和五十位勇士早已押着叛徒跑了。

智退敌军

张巡是唐玄宗时期的一员大将，他作战勇敢，而且善于动脑筋打仗。安史之乱，唐玄宗被打得逃到了四川，后来在郭子仪这些忠臣的保卫下，才集合了大批军队去攻打安禄山，夺回唐朝的京城，而张巡也是为唐朝复兴作出贡献的一员猛将。当时，张巡正带领自己的部队去睢阳支援被安禄山的大将尹子奇围困的睢阳太守许远。当张巡进驻到睢阳城内之后，尹子奇指挥十三万大军将整个睢阳城围得水泄不通。面对敌人大军压境，许远将张巡等几员大将请到自己的府中，对他们说：“各位将军，现在尹子奇用十三万大军把我们睢阳城围困起来了，我们根本就没有办法和外面取得联系，而且经过这么长时间的战斗，我们的粮食也不多了。如果不想办法立刻将尹子奇的部队赶走，就算他不攻打我们，只是将我们围住不让我们出入，我们也是坚持不了多久的。今天我请大家来就是想请你们想一个办法解决这个难题。”

张巡对许远说：“太守大人，只要我们采用擒贼先擒王的战略，把尹子奇先消灭了，敌人就会出现群龙无首的状况，任凭他有再多的人也没有办法打仗了。”这时，一名叫南霁云的将军说道：“只要能靠近尹子奇的部队，找到这个尹子奇，我就完全有把握将他一箭射死，这样这些敌人就没有办法跟我们作战了。”大家都觉得这个办法不错，因为大家都知道南霁云是部队中的神射手，都非常相信他的射箭技术完全可以胜任这个任务。可是又有一个问题出现了，在这城里的所有人都不认识尹子奇，这可怎么办才好呢？张巡低头想了一会儿之后说：“没问题，这事就交给我吧，我一定可以把这个尹子奇找出来。”

当天晚上，张巡命令在睢阳城里不停地擂动战鼓，只听见这城里到处都是战鼓的声音，就好像有千军万马准备杀出城一样。城外尹子奇的哨兵赶紧将这个情况报告给了尹子奇，尹子奇以为是睢阳城里的唐朝军队要杀出来了，就将自己的部队集合起来准备战斗。可是等了一晚上，就只听见睢阳城里的鼓声响个不停，但却没有看见一个唐军杀出来。尹子奇觉得十分奇怪，不知道唐朝军队在搞什么名堂。回头见自己的战士在夜里戒备了一晚上，大多数士兵都露出了疲倦的神情，于是尹子奇命令哨兵在高处观察一下睢阳城有什么动静。哨兵爬上高高的观察哨看了半天说：“大人，睢阳城里一个人影也没有。”尹子奇想了想就命令士兵们解散，各自回营里休息。就在尹子奇的队伍刚刚解散开始休息的时候，张巡却带着十几名将军和几百名士兵突然从城里杀了出来。他们动作十分迅速，很快就杀到了尹子奇的主帅营地附近。尹子奇的部队因为已经倒下休息了，这一下根本就没有回手的力量，被张巡带领的人马杀得四处乱跑。这时张巡又命令士兵们开始放箭，一支支的箭射在敌人的身上却没有一点作用，原来这些箭全部都是青蒿做的，根本伤不了人。这些箭射在人身上一点也不痛，尹子奇的士兵觉得奇怪，就把这些箭捡起来送到了尹子奇面前。尹子奇看着这些青蒿箭，心里十分高兴，他认为这是因为城里的唐军已经没有武器了，居然只能用青蒿来做箭了，于是他兴奋地跑出自己的主帅帐篷，准备召集大部队进攻睢阳，将城里唐朝的军队全部消灭掉。就在他刚跑出帐篷骑上战马时，一直在注意观察敌人动态的神射手南霁云立刻就知道这人一定是敌人的主帅尹子奇，于是南霁云马上将手中准备好的利箭对准尹子奇射了出去。这可不是什么青蒿箭了，这是一支真正的利箭。这支箭一下子就射中了尹子奇的左眼，他大叫一声就从马上掉下来昏了过去。尹子奇的卫兵们赶紧将尹子奇救走了。这一下士兵们以为自己的主帅被杀了，本来就不整齐的部队一下子就全乱了，根本没有心思打仗，被张巡他们消灭了大部分人马，其余的都只顾逃命去了。

经过这一仗，不仅睢阳的包围被解除了，而且还让安禄山的一员重要大将尹子奇受了重伤，没有办法参加以后的战斗，结果安禄山的军队很快就被唐朝的军队给打败了，而安禄山自己也因此生起病来，最后竟被自己的儿子杀死了。

摸钟辨贼

宋朝的浦城县，有一任县令叫陈述古。他足智多谋，善于断案，深受老百姓爱戴。

一天，一户人家闹哄哄地来到县衙里报案，说是昨天夜里，有盗贼趁全家人熟睡之际，越墙而入，把他们家苦心积攒多年的一箱财宝盗走了。

陈县令当即派出一班衙役细细排查，最终抓获了几名最有嫌疑的人。可惜没有足够的证据证明他们中谁才是真的盗贼。

迟迟定不了案，将嫌犯一直关在县衙里总不是办法。陈县令思索再三，也没有良策。烦恼之下，他踱出县衙去散心。

走在路上，他看到百姓熙熙攘攘地都赶往城东的寺庙，一打听，原来大家都传说庙里有口神钟，十分灵验，所以都赶去瞧热闹。陈县令心头一亮，眉头舒展开来。

回到县衙，他命人去庙里将那口神钟抬来，然后开始提审所有的嫌犯。人到齐后，陈县令宣称："昨夜有神灵托梦给我，说城东寺庙里的那口神钟能够辨别善恶。人用手摸钟，如果是清白无辜的人，钟就一声不响；倘若是有罪的人，钟声就会响起。现在我已经把钟搬上了公堂，待会儿你们逐个来试一下吧。"大家果然看到屋里摆放着一口用黑布蒙着的大钟。

陈县令领着众人郑重其事地对神钟三叩九拜后，几个嫌犯便根据陈县令的吩咐，一个一个过去，把手伸进布罩里摸钟。所有的嫌犯都摸过了，钟没有发出任何声响。嫌犯们都如释重负地舒了口气，连忙请求县令释放自己。

"慢！你们都把手举起来给我看看。"陈县令下令道。嫌犯们莫名其妙地举起手。陈县令扫视了一下之后，对其中的一个嫌犯厉声喝道："胆大妄为的家伙，还不从实招来。"

"大人，神钟没响啊，我是清白的！"那个嫌犯惊慌失措。

"你果然上当！哪有什么神钟，这不过是我试探你们的计策而已。我事先在钟上涂了一层黑漆。你自己瞧瞧，其他人摸过钟后，手都被抹黑了，只有你的手是白的，这是因为你做贼心虚不敢去摸钟！"

盗贼见自己被识破，一下子瘫软在地。

智夺盟主

春秋时期，吴王夫差与晋国晋定公争夺中原霸主地位。晋定公认为晋国历来是诸侯首领，理应由他当盟主。于是双方互不相让。

此时赵王勾践趁吴国国内防守空虚，起兵攻打吴国。吴王夫差得知消息后，为了尽快确定自己的盟主地位，以便及早赶回去与赵王对抗，决定设计让晋定公见识一下吴国的军威，以逼他承认自己的盟主身份。

夫差在全军中精心挑选了三万精兵强将，将他们组成三个整齐的方阵，每个方阵的人马分别穿着白色、红色和黑色的服饰。经过一番训练，黎明前，三路人马悄悄抵达了晋军驻地附近。等将士们列好阵势，夫差一声令下，刹那间，鼓声惊天动地地响起来。

正在熟睡的晋定公被鼓声惊醒，以为发生了紧急战事，慌忙起床穿衣，跑出营帐。咦，四周并没有兵马厮杀的场景。这是怎么回事？他登到高处，举目望向鼓声的方向，哎呀，眼前是一片壮观的军队，白、红、黑三种颜色的方阵布列整齐、浩浩荡荡：白色方阵，白盔白甲，白衣白旗白箭羽，就像开满白花的茅草地；红色方阵，红盔红甲，红衣红旗红箭羽，一眼望去如熊熊燃烧的火焰；黑色方阵，黑盔黑甲，黑衣黑旗黑箭羽，整个黑压压的一片，如同深不可测的浩瀚夜空。随着鼓声轰响，三个方阵的将士挥动手中的兵器，齐声呐喊，声震四野。看到吴国军队如此军威浩荡，气势夺人，晋定公不由得瞠目结舌，心中胆怯。

吴王洞察出晋定公已经有了畏惧的心理，及时地派出使者去见晋定公，向他转达了夫差的意图。晋定公心想：“看起来吴国的实力十分强大，晋国无法抗衡，一旦两国交兵，晋国肯定吃亏。既然如此，自己不可再硬争这个盟主地位，以免惹恼了吴王。”于是，晋定公只得屈服，夫差便如愿以偿地当上了盟主。

孙膑戏庞涓

战国时期，著名的隐士鬼谷子有两个学习很好的学生，一个是庞涓，一个是孙膑。这两个学生中，孙膑比起庞涓来还要更高明一些。

当庞涓觉得自己已经学得差不多了的时候，就向自己的老师提出要下山去，鬼谷子见他决心要走，就没有多加劝阻，让他下山去实现自己的抱负去了。而孙膑却认为自己学得还不够，所以继续留在老师身边学习。鬼谷子对孙膑这个学生非常喜欢，就把自己一生的知识全部教给了孙膑，于是孙膑的能力得到了更大的提高。最后，鬼谷子觉得自己已经没有什么可以再教孙膑的了，就让他下山去施展自己的才华，于是孙膑也离开了老师，准备去魏国找自己的师兄弟庞涓。

这个时候的庞涓已经是魏国一位举足轻重的人物了，魏惠王对庞涓十分器重和信任。当庞涓知道自己的师兄弟孙膑来找自己时，心里很吃惊，他十分清楚自己的学识和孙膑相比差了一大截，如果让魏惠王知道了孙膑的才能，那么自己就会在魏国失去已经拥有的一切权力和地位。于是他找了一个借口，说孙膑是齐国的奸细，将孙膑抓了起来，还砍掉了孙膑的膝盖。孙膑万万没有想到庞涓会这样对待自己，他心里十分明白这是因为庞涓怕自己超过他，所以才用这么狠毒的办法来除掉自己。孙膑怕庞涓会痛下杀手，只好装成疯子麻痹庞涓。当庞涓听说孙膑已经成了一个疯子之后，才放下心来，放松了对孙膑的看管。

有一次齐国派来使者和魏王商量事情，这个消息被一个同情孙膑遭遇的看守知道了，看守将这个消息告诉了孙膑，于是孙膑就请求他帮助自己，想办法和这位齐使见一面。当齐国使者和孙膑秘密见面之后，这位使者发现孙膑原来是一位十分难得的人才，于是就悄悄将孙膑装在自己的马车里带回了齐国，并引见给了齐威王和当时齐国的将军田忌。齐威王和田忌通过与孙膑的谈话，认为这简直就是上天给齐国送来的一个十分难得的人才，于是很恭敬地像对待老师一样对待孙膑，孙膑终于在齐国找到了发挥自己才能的位置。

后来，魏国前去攻打韩国，并很快包围了韩国的京城，韩国立刻派人前去齐国求救，齐威王和田忌都要拜孙膑为统帅，带兵前去解救韩国。孙膑推辞说自己已经是一个残废人了，不能做三军的统帅，建议齐威王拜田忌为帅，自己充当军师，一起领兵去解除韩国的危险。齐威王只好同意，于是田忌和孙膑带着十万大军前去解救韩国。在路上，孙膑建议田忌不可以直接到韩国去解围，而是应该直接去攻打魏国的京城，这样魏军统帅庞涓就一定会带兵回来保卫京城，那么齐国军队就可以以逸待劳地消灭回来救京城的魏军。田忌采纳了孙膑的意见，带领齐国军队直扑魏国京城。

果然，当庞涓听说齐国军队前去攻打自己的国都时，立刻将包围韩国京城的军队撤了回来，日夜兼程地往回赶。当孙膑听说庞涓已经回兵的时候，就对田忌说："魏国的军队一向十分勇猛强悍。他们看不起齐国的军队，认为齐国的军队胆小，不是他们的对手。要知道关于用兵的将领，应该顺应敌人的想法，加以好好利用引导，就会对自己产生有利的作用。兵书上说：带兵急行军一百里然后去和敌人争夺利益，就可能失掉这支部队的上将军；如果急行军五十里的话，就有可能让一半的士兵掉队。现在请将军命令部队，在进入魏国的边境之后，第一天应该挖可以给十万人做饭的灶，第二天挖给五万人做饭的灶，第三天挖只供三万人的灶，这样就可以诱敌深入，让敌人掉以轻心。"田忌完全按照孙膑的计划进行了布置，果然，当庞涓看到齐国军队的灶每天都在减少时，很得意地对手下说："我早就知道齐国军队是一支不堪一击的部队，你们看，才刚刚进入我国境内三天，他们的十万大军就只有三万人马了。看来我如果不快点追上他们，就没有办法让我享受胜利的喜悦了。"

于是，庞涓命令大部队继续前进，而自己却只带了一些骑兵轻装前进，准备追上人数已经越来越少的齐国军队，捉住齐军的统帅在魏王面前请功。

就在庞涓打着如意算盘日夜不停地追赶齐国军队的同时，孙膑已经计算好了庞涓的行程，知道他会在当天晚上到达地势险要的马陵道这个地方。这条道路狭窄，两边的山势也很陡峭，而且山上杂草丛生，树木很多，很适合大部队埋伏，于是就命令部队在两边设下埋伏，再让人将道路边的一棵大树的皮砍掉，并在上面刻下了“庞涓死于此树之下”几个大字，并命令在道路两边设下上万名弓箭手，吩咐他们只要晚上看见这棵树下亮起火光，就一起放箭，射杀魏军。

一切准备妥当之后，齐国军队就静静地等待着庞涓的到来了。夜幕降临之后，庞涓果然带领骑兵赶到了马陵道。他看见前面一棵大树露出了大块的白木，而且上面似乎还刻了字，就走到树前去查看，可是天色已经暗了，他看不清楚上面究竟写的是什么，于是就命令手下将火把点燃照亮，好让自己看清楚是些什么字。当手下刚把火把点燃，他还没有看清楚上面写的是什么时，只见两边的山坡上万箭齐发，如雨点般地向魏军射来。当时两边山坡上燃起了无数的火把，将山谷照得像白天一样。望着山坡上齐国军队中竖起的田忌和孙膑的旗帜，再回头看看树上写的字，庞涓明白了是怎么回事，自己最终还是败在了孙膑手上。他知道今天根本就没有活着离开的可能了，于是就拔出自己的佩剑，自杀了。

谋略斗智篇

治国安邦，
巧言善辩，
为国为家为人民。

蔺相如斗秦王

战国时期，有一年，秦昭襄王约赵惠文王到渑池去会盟。赵王知道秦王不怀好意，但如果不去，会让秦国讥笑赵国胆小。于是，赵王带着大臣蔺相如出发到了渑池。

秦王命人大摆酒宴，庆祝两国的会盟。酒至半酣，秦王忽然对赵王说："听说赵王很会弹琴，能否请你弹奏一曲，给大家助助兴呢？"

赵王见秦王气势凌人，不敢不从，就拿起琴弹奏起来。秦王大声叫好，随即给旁边的御史使了个眼色。御史心领神会，马上提笔记录道："某年某月某日，赵王在渑池为秦王弹琴。"

赵王又羞又恼，可又不敢发作，脸红一阵，白一阵，十分尴尬。一旁的蔺相如立刻拿起面前一个盛过酒的瓦盆，走到秦王面前说："赵王也听说秦王善于敲打瓦盆，现在就请大王表演一下，也让大家开开眼界。"

秦王恼火地看了他一眼，装作没听见。蔺相如向前逼近了几步，厉声说道："大王，请您看清楚，在五步以内，我就可以把鲜血溅到您身上。"

看到蔺相如高举瓦盆怒目圆睁的样子，秦王一下子慌了神。秦王的侍卫们急忙抽出刀剑冲上来。蔺相如怒喝一声，瞪着他们。侍卫们被他凛然的气势震慑住了，都不敢轻举妄动。

秦王只好不情愿地拿起筷子，在瓦盆上敲了几下。蔺相如立刻命赵国的御史记录道："某年某月某日，秦王在渑池为赵王敲瓦盆。"

秦王越想越气，按捺不住地刚想发火，这时，有密探来报说："赵国的大将廉颇已经在边界上驻扎了大军。”秦王知道赵国已有防备，只好不动声色。

就这样，双方重新入席，签订了盟约。之后，蔺相如护送赵王安全地回到国内。

蜡烛灭后

楚庄王平定了一次叛乱后，设宴犒赏群臣。宴席上，丝竹管乐，轻歌曼舞，君臣杯盏往来，纵声谈笑，气氛十分热烈。楚庄王还特意让自己的两个宠妃许姬和麦姬给文武大臣们敬酒，以示自己对大臣们的器重。

忽然一阵风吹来，把燃着的蜡烛都吹灭了。整个宴厅里一片黑暗。楚庄王感觉到有人悄悄地来到他旁边，凭借着身上的香气，楚庄王知道来人是自己的宠妃许姬。许姬俯在楚庄王耳朵上轻声说：“大王，刚才我在下面敬酒，蜡烛灭时，有个大胆狂徒竟然趁黑拉住我的手想占我便宜。我使了好大的劲才挣脱。我还趁势拽下了他帽子上的缨带。待会儿蜡烛点亮后，请您一定要狠狠地惩治他。”

楚庄王听了许姬的话，心里“咯噔”一下，是谁这么大胆，竟敢如此无礼！可是他皱了皱眉头后，做出一个决定。这时，蜡烛重新点亮了。楚庄王让许姬悄悄地退下去，然后大声说道：“诸位爱卿，为了让大家更加尽兴，请诸位都去掉帽缨，不必受任何拘束。”

大家一听，纷纷将帽缨摘了下来。楚庄王不动声色地继续与大臣们说笑。他暗暗观察了一下，发现大将唐狡的神色似乎有些不自然。不过一直到宴会结束，楚庄王什么也没流露出来。

回到后宫，许姬委屈地问楚庄王为什么不替她出气。楚庄王说：

“今天的宴会是为了犒赏群臣，这是一件喜庆的事情，席间有人酒后失态也是常有的事。如果我为此大发脾气，不仅破坏了融洽的气氛，也会使大臣们心存畏惧，从此不敢对我坦诚相待了。”此后，楚庄王再也没对任何人提起这件事。

七年后，楚庄王率兵讨伐郑国，久攻不下。大将唐狡主动请战，他一路身先士卒，带领部下奋勇杀敌，使楚军大获全胜。战后，楚庄王要重赏唐狡。唐狡不但不要赏赐，反而向楚庄王请罪，承认自己就是当年在宴会上对许姬无礼的人。楚庄王听后哈哈大笑，说：“过去的事情不必再提了。现在你立了战功，应该得到奖赏。”于是，楚庄王照样重赏了唐狡。

螳螂捕蝉，黄雀在后

春秋战国时期，吴王准备出兵攻打宋国。大臣们认为，攻打宋国会使吴国的后方空虚，别的诸侯国可能会乘虚而入，给吴国带来危险，于是纷纷劝阻。但是吴王一意孤行，坚持要发兵，而且还下令：谁敢反对，就砍了谁的脑袋。所以大家都不敢再进言了。

吴王的侍从中有个年轻人，看到吴王听不进反对的意见，心里很着急。他知道，眼下如果直接和吴王讨论出兵的事情，肯定是行不通的。想来想去，他想出了一个能使吴王不出兵的好办法。

这天，在王宫后园里，他看到吴王远远地走过来，就把手中的一只弹弓举起来，对着一棵大树，做出打鸟的样子。吴王看见了，就走过来，问他是否打到了鸟。

年轻的侍从回答：“鸟虽然没有打到，但我看到了一件有趣的事情。”

吴王一听来了兴致："什么有趣的事？说来听听。"

这个年轻人煞有介事地说："我刚才打鸟时，无意中看到园子里的一棵树上有只知了。它停在高高的树枝上，一边得意地鸣叫着，一边啜饮着露水，以为这树上只有它自己呢。其实有只螳螂正悄悄地趴在它背后，举着前足，准备捉它呢。螳螂呢，以为自己要捕获猎物了，当然很得意。可是它没有发现，有只黄雀正不声不响地跟在它后面，伸长脖子，正想吃掉它。黄雀呢，只顾盯着自己的猎物，却不知道在树下，我已经用弹弓瞄准了它，马上要把它打下来。知了、螳螂、黄雀，它们都一心只想着自己眼前的利益，而没有顾及身后的危险哪。"

吴王听了年轻人的话，恍然大悟，意识到他是用形象的比喻，劝告自己不要贸然进攻宋国，以免招致后患。于是吴王立即下令停止出兵。

镰刀缉凶

宋慈是古代著名的法医，他著述的《洗冤录》是世界上第一部比较完整的法医学专著。在这本书里，记录了这样一个案子。

盛夏的一天，有人惊慌地来报案，说在路上发现了一具尸体。官府立即派检验官前往现场查验。经过法医检查，判定尸体身上的十余处刀伤都是被镰刀砍的。伤口这么多，尸体身上的衣服完整，财物未少，没有被动过的痕迹，可见不是强盗劫杀，而是仇杀。

很快，死者家属便来认尸。检验官问死者的妻子，她的丈夫与谁有仇。妻子想了想，说自己的丈夫为人本分，从不与人结怨。只有前几日，同村的曹某曾来借钱，被丈夫拒绝了，曹某便发狠说要报复，可这也不足为凭啊。

检验官随即请县官发出告示,命全村人将自家的镰刀通通交到县衙,如果有藏匿者,严惩不贷。

镰刀全部收缴来之后,检验官命人将它们全部放在地上,依次排开。村民们都来围观,不明白官府的意图。

过了一会儿,几只苍蝇嗡嗡嗡地飞过来,在镰刀上盘旋片刻,便相继落到了其中的一把镰刀上。检验官问道:“这是谁的镰刀?”

人群里有人怯怯地应道:“是小人的。”

众人闻声望去,正是曹某。

“来人,把这个杀人犯拿下。”检验官高声下令,衙役们立刻上前把曹某按住。

“大人,您怎么无凭无据地抓人?”曹某挣扎着抗议。

检验官指着叮有苍蝇的镰刀大声地说道:“这就是证据!”

村民们面面相觑:这是怎么回事?

“苍蝇嗜血,虽然你已经把镰刀洗干净,但上面还残留着血腥味,所以苍蝇会聚集在上面!证据确凿,你还有什么可抵赖的!”

曹某张口结舌,无言以对,不得不认罪伏法。

巧断争儿案

李崇是南北朝时期北魏的扬州刺史。他为官清正廉明,而且为人也十分机智,常常能将一些疑难案件断得人心服口服。

有一次,两家人为争夺一个儿子打起了官司,当地的官员无法判断这个儿子到底是谁家的,所以只好将这个案子送到了当时的扬州刺史李崇那里。李崇让两家人将事情的经过说一遍。作为原告的荀泰说:“大人,我是安徽寿春县乡下的农民。我有一个儿子,一家三口本来过得十分幸福，可是在儿子三岁的时候，家乡发生了一次动乱，为了躲避灾难，我就带着自己的妻子和孩子离开家乡，准备到安全一点的地方生活。谁知在路上的时候，一不小心就把儿子弄丢了，我们夫妻两人四处寻找，可是到处都找不到。这个儿子活泼可爱，是我们的心头肉、掌中宝，这让我们夫妻十分伤心。后来我们只好往回家的路上来找，希望孩子能回家，就一路走一路找地找了几年。几天前，我进县城去买东西，竟然发现自己的孩子就在本县，可是却成了那个赵奉伯的孩子，我怕认错了人，还特意找机会见到了那个孩子，并在他的身上找到了我孩子的记号，就是在孩子的左背上有一块像铜钱一样的胎记，所以我敢断定这孩子就是我失踪的儿子，可是当我找到赵奉伯时，他却一口咬定那是他的孩子，而且还让他的邻居为他作证，可那个孩子的确是我儿子，我也有邻居为我作证，他们都说那个孩子长得和我一模一样。请大人为我主持公道，让我们一家三口团圆。”

李崇听了他的话后，又问作为被告的赵奉伯有什么要说的。赵奉伯叩了个头说道：“大人，那小孩的确是我的儿子。这个叫荀泰的人自己的儿子不见了，却要将我的孩子抢过去，实在是太没有道理。我的妻子已经过世多年了，只剩下这个孩子和我相依为命，我怎么可能把自己的孩子白白地送给别人呢？这是绝对不可能的事！请大人为我主持公道，不要拆散我们两父子。”

李崇听了点点头，没有说什么，又将这两人的邻居找了几个来作证。荀泰的邻居说：“当初荀泰的确有一个三岁大的可爱的小男孩，因为躲动乱，结果失踪了，而现在这个小孩也确实跟荀泰失踪的孩子非常相像，其他的我也不敢说什么了。”而赵奉伯的邻居也作证说：“当初赵奉伯来这里居住时，也的确带着一个三岁的小孩，他们已经一起生活了几年了。平时赵奉伯跟小孩的关系也的确和亲生父子没有什么两样，所以这小孩应该是赵奉伯的。”对于这些证词，李崇也没有说什么，只是点了点头。他看了看这两家人，心里有了一个主意。

李崇很严肃地对两家人说:“这样吧,既然你们两家都说这孩子是自己的,却又都拿不出更有力的证据来证明,所以我决定先让这个小孩跟着我,不许你们与他有任何联系,等我派人查找到更多的证据之后再来宣判此案的最终结果好了,现在你们都回去吧,小孩留下跟我回去。再审这个案子的时候,我自然会派人通知你们。”说完就退堂了。两家人谁也没有想到会是这样一个结果,但大人已经这样决定了,两家人也不敢多说什么,只好回家去等候大人通知。

几个月之后,李崇派人通知荀家和赵家,说小孩因为生了一场重病,没有办法医治已经死了,请他们前去为孩子办理后事。当听到这个消息时,荀泰夫妻两人顿时大哭起来,尤其是荀泰的妻子更是哭昏了过去,而赵奉伯听到这消息时,虽然也很难过,但只是深深地叹息了几声,流了几滴泪之后就慢慢平静下来了。因为李崇要求这两家都必须到刺史府去,所以荀、赵两人都到了刺史府,却意外地在大堂上看见了活蹦乱跳的孩子。李崇对这两人说:“现在谁是孩子的真正父母,我已经很清楚了。这个孩子就是荀泰的小孩,现在就由荀泰将这孩子领回家去吧。这次可要好好地带着了,不能再丢了。”赵奉伯一听着急起来:“大人,您为什么说这孩子是荀泰的?他是我的孩子!”李崇听了之后,很生气地说:“胡说,明明就是你想将别人的孩子据为己有。我已经查清楚了,你还敢在这里胡说!”赵奉伯说:“他就是我的孩子,大人你凭什么说他是荀泰的孩子呢?”李崇胸有成竹地说:“我命令手下去告诉你们孩子已经死了的时候,你们当时的反应我已经派人看清楚了。因为孩子是自己亲生的,所以荀泰听到这个消息时是放声大哭,痛不欲生,而你虽然也比较难过,但却仅仅叹息几声,流了几滴泪而已,从这些就可以看出荀泰才是孩子的亲生父亲,赵奉伯你还有什么话好说?我还要问问你,这孩子是怎么到你家的?你为什么将别人的孩子说成是自己的?”赵奉伯听完李崇的话之后,只好低头承认孩子的确不是自己的。因为自己的小孩在很小的时候生病死了,他非常悲痛，当时又恰巧遇到了这个与父母失散的小孩，想到自己孩子已经死了，他就产生了将这个小孩当成自己孩子的想法，这样自己老的时候也好有个依靠，于是就将小孩带回了家，并告诉邻居他是自己的孩子。现在真相大白，自己愿意将孩子还给荀泰夫妻。

李崇巧妙的断案，终于让荀泰一家三口团聚了。

敲门的破绽

古时候，苏州城有个名叫贾斯的商人，经常外出做生意。

一次，贾斯又准备走水路到外地经商。他雇好了船夫，与对方约定，次日清晨在河边会合。第二天一大早，他带足了银两，辞别妻子出门而去。

日上三竿，贾斯的妻子正在屋里操持家务。突然，“呼呼”，响起一阵急促的敲门声。有人在屋外焦急地喊着：“贾大嫂，贾大嫂！快开门！”

贾氏闻声连忙打开门，看到门外站着一个男子。

“您是贾大嫂吧？我是贾先生雇的船夫。”来人自报家门，“昨天贾先生和我约好了清早登船启程。可都快晌午了，他怎么还没来呀？”

“什么？”贾氏觉得奇怪，“他一早就走了呀。”

“那么他到哪儿去了？我一直在船上等他，没见到他人哪。”船夫纳闷地说。

“难道出事了？”贾氏大惊失色。想到丈夫随身带了很多银两，她越想越觉得不妙，丈夫说不定是遇上强盗了，于是慌慌张张地叫上船夫，一起去衙门里报案。

县官听他们两人详细地讲述了事情的经过后，捻须思索片刻，突然指着船夫大喝一声：“恶徒！竟敢见钱眼开，谋财害命！还不如实招来!”船夫一下子就傻了眼!贾氏也觉得难以理解:“大人,他也在找我丈夫呢。”

“请大人明察!”船夫连忙喊冤。

“他这叫自作聪明。他以为主动找到你家里,就可以消除自己的嫌疑,岂不知他自露马脚。”县官冷笑着说,“他去找你丈夫,敲门时却口口声声喊着‘贾大嫂’。如果不是知道贾斯不在家,他怎么会喊你呢?”

“这……我……”船夫结结巴巴,跪倒在地上。

经过审讯,船夫承认了自己杀害贾斯的罪行。

包公审鼠

包公是个不畏权贵、刚直不阿、家喻户晓的好官,那出《铡美案》,好多人都会哼几句。但有一个案子,却让他愁上眉头,因为原告来者不善。

那时,朝中有个六十多岁的老太监,深得皇上信任。这老太监听说包公名声大噪,很是不爽,就想了个歪点子,想让包公出洋相,扫包公的威风,臊包公的脸皮子。

这天,这个老太监叫人捉住一只差不多跟小猫一样大的老鼠,将它的尾巴切了,血淋淋地关在笼子里,亲自送到包公跟前道:“这只大老鼠,自以为本事比猫还大,横行霸道,欺东霸西,居然潜入皇宫,窜进我家,偷吃了金馔玉肴不说,还咬坏了当今皇上御赐给我的金袍玉带。请大人明察公审,看这只可恶的老鼠该当何罪?”

这不是故意来挑衅吗?包公愁上了眉头。

包公是个正派人,对这种割卵求荣的太监,打心眼里讨厌。何况这批人,平时胡作非为、仗势欺人,他也早就想在大庭广众之下揭穿他们的老底，让太监们出丑。因此包公一听这老太监要告老鼠的话，就明白是咋回事——不过是城隍娘娘怀胎，心头有鬼罢了。包公一点也不推辞，欣然接下案子。

老太监心中大喜，他想，看包公你如何收场。

包公把惊堂木一拍，一声大吼："王朝、马汉，速速前来，将罪犯带上公堂！"

这声势，像要审大案要案。随着一声吆喝，王朝、马汉早把那只装在笼子里的老鼠带上公堂。原告老太监是朝中有身份的人，因此特给他设了个座儿。

包公斜睨了一眼那老鼠，手上一用力，把惊堂木狠狠一拍，大声喝道："大胆老鼠，仰仗谁的势力，竟擅入皇宫，又潜入民房，吸尽民脂民膏不说，还敢咬坏公公的金袍玉带，真是罪大恶极。现在原告在此，本官法纪森严，定严惩不贷！"

听着包公在那儿装腔作势，老太监怎么听也不是味儿，这不是指着冬瓜骂葫芦，月亮坝里谈秃子吗？好你个包拯，还真看不出你的胆呢。本公公可不是和那陈世美一样好欺负！

老太监还在想，突然又是一声惊堂木拍案，只见笼中老鼠受惊，抓腮挠腿，上蹿下跳。包公字正腔圆，开始正儿八百地宣判："被告老鼠，现原告举证在此，你咬坏公公玉带金袍一事，证据确凿，事实清楚。你还有什么话可以辩解？"

老鼠会有什么话辩解？真是天下奇闻。

"被告老鼠，既然你不辩解，本官现在就要宣判了。"

老太监在一旁好笑，心想："包龙图呵包龙图，你装怪也装得太认真了罢，看你如何下台！"

包公宣判道："你这鼠辈所为，已是罪大恶极，十恶不赦。不把你处以极刑——五马分尸不能泄恨。姑且看在公公面上，判处你阉刑，割断你的情根，叫你来世成为五官不齐、六根不全、不人不畜的混账东西。王朝、马汉，大刑侍候，将罪犯带下去实施阉刑！”宣判完，包公走下台，对老太监深深一揖，然后道：“请问公公千岁，本官判得公正与否？量刑是否妥当？如有不妥，万请公公指正一二。”

老太监此时是猴子爬到黄连树，讨到的是苦果子。他只好打肿脸充胖子，忙不迭点头道：“大人英明，判得公正！难怪天下人都说你是我大宋第一好官哟！”

包公双手一拱道：“多谢公公，下官敢不认真么？要不是我投鼠忌器，看在公公的面子上，一刀把这罪大恶极的老鼠剐了，现在只好处个阉刑，真是便宜了它！”

老太监哪还敢说什么，忙喊备轿回去，包公却拦住他说：“公公勿忙走，待验过了刑再走不迟！”

老太监在那儿脸红一阵白一阵，周身像是十只猫儿在抓，额上滚下豆大的汗，半晌才悟过来道：“别，别啦，我还有事。”

说完比老鼠溜得还快。

包公哈哈哈的笑声，老太监听在耳朵里，比那只受刑的老鼠还难受。

巧言劝太后

赵国的赵太后刚刚执掌朝政，强大的秦国便趁机攻打赵国，赵国向齐国请求援助。齐国要赵太后的小儿子长安君到齐国来做人质，才肯答应出兵。可是，赵太后心疼小儿子，所以无论大臣们如何劝谏，都不肯答应齐国的要求。

眼看形势越来越危急，大臣触龙请求觐见赵太后。赵太后猜想触龙肯定是来劝自己的，就怒气冲冲地在营里等着他。

触龙进来后，一路小跑到太后跟前，谢罪说："我腿脚有毛病，不能快走，很久没来看您了。担心太后玉体欠安，特地来看看您。"然后他开始聊起家常，关心地询问起太后的饮食起居情况。太后见他没有来劝谏的意思，神色就逐渐缓和下来。

聊了一会儿，触龙见太后情绪不错，就趁机恳请太后同意，把他最喜欢的小儿子安排到王宫卫队。

太后问："你们男人也喜欢自己的小儿子吗？"

触龙回答："比女人更喜欢。"接着他又说："我觉得您对长安君的喜欢，比不上对女儿燕后的喜欢。"

太后表示反对："你说错了，我更喜欢我的小儿子长安君。"

触龙见时机成熟，就言归正传："父母喜欢孩子，就要为他做长远打算。您把女儿嫁到燕国，每次祭祀时都为她祈祷，希望她生个儿子继承王位，这是为她的长远利益考虑。您喜欢长安君，赐给他富饶的土地和珍贵的宝物，却不给他机会为国家建功立业。将来您不在了，他靠什么威望来做君王呢？您没有为他做长远打算。所以说，您喜欢他比不上喜欢燕后。"

太后这才明白触龙来这儿的目的，也知道了他的良苦用心。最后，她终于下令，为长安君准备了上百辆车子，去齐国当人质。齐国这才发兵，解了赵国的危急。

聪明的阿凡提

阿凡提在我国的维吾尔族家喻户晓，他是智慧和勇敢的化身。关于他的趣言妙语数不胜数。

有一次，阿凡提到一个人家里做客。这家的主人十分吝啬，在招待客人的牛奶里掺了大量的水,阿凡提一下子就尝了出来。

筵席上,大家聊天时,阿凡提对主人说:“今年我老家那里发生了奇异的事情——井里冒出来的不全是水,而像是掺了牛奶。色泽和真的牛奶一样,只是味道淡,又像是牛奶,又像是水。”说到这里,阿凡提指着自己面前的那杯牛奶,说:“就和这杯里的牛奶差不多。”听了这话,主人羞得脸红了一片。

还有一次,阿凡提去赴一个宴会,他看见身边的客人一边大口大口地嚼着菜肴,一边用手抓起好吃的东西往自己口袋里装,就顺手拿起茶壶,往那个人的口袋里灌起茶来。

客人吃了一惊,连忙问:“你干什么?”

阿凡提笑着说:“你那口袋吃多了荤腥,难道不口渴吗?”

阿凡提的聪明连国王也听说了。国王叫来阿凡提,问他:“我一直很想飞上天去,周游世界,开开眼界,你有什么好办法能帮我实现这个愿望吗?”

阿凡提说:“那您就把您那匹枣红马给我吧,我骑上它到遥远的高山顶上去采一种药草来。马吃了这种药草,就会长出翅膀。到那时,您骑上它,就能飞上天了。不过,这需要一年的时间。”

国王立即赏给阿凡提一袋金子和一匹枣红马,让他去采药草。阿凡提骑上国王的马,一溜烟似的走了。回到家后,阿凡提立刻把马杀了。

还差三天就要满一年的期限时,阿凡提来到王宫。

国王兴冲冲地问道:“阿凡提,我的马长出翅膀来了吗?”

阿凡提说:“陛下,您的马已经长出翅膀来啦!”

国王惊喜地站起来,说:“那你把它带来了吗?”

阿凡提立刻装出一脸哭丧的样子,难过地说:“我倒是给您带来啦,可是走到半路,您的马拍拍翅膀,四蹄腾空而起,飞上天啦!”

国王听了,一下子跌坐在宝座上,心痛失去了自己的爱马。

铁齿铜牙

纪晓岚是清代著名的大学者、文学家，学识渊博，机智幽默。在朝中做官时，他经常戏弄一些贪官污吏。

有一次，大贪官和珅新修了一所府第，因为纪晓岚文采不凡，就请他题一个匾额。纪晓岚一向看不惯和珅瞒上欺下、巧取豪夺、玩弄权术的行径，就想借机羞辱他一下，于是爽快地答应了。

和坤没想到纪晓岚答应得这么痛快，真是喜出望外，连忙命人取出笔墨纸砚伺候。纪晓岚不假思索，挥笔写下了"竹苞"两个字。

和坤看了好半天，没弄明白这两个字是什么含义，只好向纪晓岚请教。纪晓岚笑着解释说："竹苞松茂，是越来越兴盛的意思。"和珅一听这句话很吉利，便非常高兴，立刻命人郑重地将匾额张挂起来。

后来，和珅在乾隆皇帝面前夸耀这件事情。乾隆皇帝听了，禁不住哈哈笑道："你被纪晓岚捉弄了，自己还不知道呢！"乾隆皇帝用手指比画着说："那'竹苞'两个字拆开来，不就是'个个草包'吗？"和珅想了一下，果然如此，顿时哭笑不得。

还有一次，纪晓岚和几个大臣一起陪皇帝在御花园散步。有个尚书一向嫉妒纪晓岚的才学，总想找个机会让纪晓岚当众出丑。

他们正走着，忽然看到一只狗跑过来，尚书一下子有了主意。他指着那只狗，故意问纪晓岚："这'是狼'，是狗？"

大家一听，都看着纪晓岚笑起来。原来纪晓岚当时的官职是侍郎，尚书故意用"是狼"与"侍郎"的谐音来辱骂纪晓岚。

纪晓岚却不慌不忙，笑着回答："这还不简单，看看尾巴就知道了，'上竖'（尚书）是狗，下垂是狼。"

纪晓岚也用谐音巧妙地“回敬”了尚书，尚书当即窘得满面通红，无言以对。

淳于髡进谏

齐国有个大臣叫淳于髡，他生性幽默，口才好，常常用隐语来劝谏齐王。

齐威王继位三年，整天贪杯好酒，沉湎于享乐，没有心思治理国家，结果导致朝政混乱，诸侯各国常来进犯，国家面临着灭亡的危险。大臣们纷纷劝谏齐威王，可是齐威王根本听不进他们的话。

淳于髡明白，如果直接给直威王提意见，他肯定不喜欢听。一天，他笑着对齐威王说：“大王，我想让你猜个谜。”齐威王急切地问：“什么谜？说来听听。”淳于髡说：“大王宫里的树上栖息着一只大鸟，已经三年时间了，既不飞也不叫，大王知道这是一只什么鸟吗？”原来他是用大鸟比喻齐威王三年不理朝政。齐威王听懂了他话里的意思，就笑着说：“这只鸟三年不飞，一飞就能冲破云霄；三年不鸣，一鸣就十分惊人。”

齐威王随即一改往日作风，全力以赴地整顿朝政，激励军队，出兵迎战敌人。齐国国力逐渐强大起来。诸侯各国无不惊慌，纷纷归还了以前占领的齐国土地。

齐威王八年，楚国强兵进犯齐国。齐威王派淳于髡出使赵国去求援兵，让他带上黄金千两，驷马车十辆，作为送给赵国的礼物。

淳于髡看到这些礼物，仰天大笑，笑得连帽子上的带子都绷断了。

齐威王问：“难道你觉得这些礼物太轻了吗？”

淳于髡说：“大王，我哪敢呢？”

齐威王又问："那你笑什么？"

淳于髡回答："我今天从东边过来，看到路旁有一个人正在祭祀田神。他一只手拿着一只猪蹄子，另一只手端着一杯酒，对着田地祈祷说：'请让我高地上的麦子能盛满筐，低洼地里的稻谷装满车，使我五谷丰登，粮食吃不完。'我想到他竟然用这么少的祭品，去求这么多的东西，所以大笑。"

齐威王明白了，立即把礼物增加到黄金万两，白璧十对，驷马车一百辆。淳于髡这才告别齐威王，出使赵国。赵国果然很快就派出十万精兵援助齐国。楚国军队听说后，连夜撤路了。

宾至如归

春秋时期，郑国的大夫子产，曾当多年国相，执掌郑国政权。

公元前542年，子产奉郑简公的命令，带着许多礼物出访晋国。当时，正遇上鲁襄公逝世，晋平公借口为鲁国国丧致哀，没有迎接郑国使者。子产就命令随从拆掉了晋国宾馆的围墙，然后驱车直入。

晋平公听说郑国使者子产拆了晋国宾馆的围墙，吃了一惊，便派大夫士文伯到宾馆去质问。

士文伯见到子产，指责道："我国国君是诸侯的盟主，各诸侯国前来朝拜的官员众多。为了保障来宾的安全。我们特意修建了这所宾馆，筑起高高的围墙。现在你们把围墙拆了，其他来宾的安全怎么办？我们国君想知道你们这么做的意图是什么？"

子产不卑不亢地回答："郑国是小国，需要向大国进献贡品，因此我们带着本国搜集的财宝前来朝会。不巧碰到你们的国君没有空，既见不到他的面，也不知道什么时候才能得到接见。我听说过去晋文公做盟主的时候，自己住的宫室低矮狭小，接待诸侯的宾馆却造得又高又大。宾客到达以后，事事都有人负责照应，并能很快献上礼品。晋文公能和宾客休戚与共，有不明白的，他会给予指导解答；有困难的，他会提供帮助。宾客来到这里，就如同回到自己家里一样，不用害怕灾祸，不用惧怕盗寇，也不用担心气候的干燥或潮湿。可是现在，晋国的宫室占地方圆好几里，提供给诸侯宾客的却是奴隶住的屋子。宾馆的门连车子都进不去，接见也没有确切的日期，我们又不能翻墙进去。不拆掉围墙的话，就会使这些礼物遭受风吹日晒而损坏。礼物损坏了，那岂不是我们的过失吗？”

这番话让士文伯哑口无言，无以反驳。

子产补充说：“只要让我们进献了礼物，我们愿意把围墙修好再回去。”

士文伯把情况向晋平公如实做了汇报，晋平公听了感到十分惭愧，马上安排接见子产，不仅隆重宴请了他，赐了丰厚的回赠礼物，还下令立刻重新建造宾馆。

一湖酒和一河鹅

王羲之是我国晋朝时期著名的书法家，被后人尊称为“书圣”。他留下了许多的书法珍品，尤其是他的《兰亭集序》更是成为国宝级的文物。王羲之不仅书法写得好，为人也十分机智聪明，为官更是爱民如子，清正廉明。

有一次，在王羲之当太守的时候，有一名猎人到衙门里来告状，告的是当地一位很有名的大财主。这个猎人告状说：“大人，我叫阿兴，是本地的一个猎人。几年前，我父亲因为进深山去打猎，在追赶一只老虎的时候不小心摔下了悬崖。因为我家很穷，没有可以安葬父亲的地方，所以我就向当地的大财主鲁宋老爷求了一块地。当时正好是鲁老爷的母亲八十大寿，鲁老爷一高兴就同意给我一块荒地，但是他要我送一壶酒作为寿礼。于是，我将家里剩下的一张狼皮卖了，换了一壶好酒给鲁老爷的母亲做寿礼。第二天，我就将我父亲埋在了鲁老爷指定的一块荒地上。这几年，我很勤奋地练功，常常进山去打猎，慢慢地有了一点积蓄。前两天，我进山打猎时遇见了一只大老虎，我好不容易才将这只老虎杀死，为我父亲报了仇，还将这只老虎卖了几百两银子。大家都为我高兴，我自己也很高兴，就在家里准备了几桌酒席宴请乡亲们。可是，就在我们喝得高兴的时候，鲁老爷却带着家丁来找我要债。我说自己没有欠过他钱，他却说前几年我埋葬我父亲的时候就欠了他的债了。我说当时他要一壶酒作代价，我已经给了他一壶酒了，不欠他的。可鲁老爷却说，他给我的那块荒地是风水宝地，而且他说的是一大湖酒，不是一酒壶酒。世上哪有这种说法？我当时就和他争辩，可他却说是我自己没弄清楚，现在必须还他一湖酒，如果没有，他就要将我全部的家产都拿走。我跟他争论了半天，却说不过他。这实在是太欺负人了，请大人为我主持公道。”

王羲之听了之后明白，这是那个鲁宋鲁老爷仗势欺人。既然这位鲁老爷要玩文字游戏，那么要想处理好这件事，就必须靠自己的头脑了。他告诉阿兴先回家等候消息，这几天就不要再去打猎了，要随叫随到。阿兴不知道太守的用意是什么，但既然是大人叫他回家去等，他也只好回家等候消息了。

第二天，王羲之写了一篇《乐歌行》去见那位鲁老爷。当他来到鲁宋的家时，只见鲁家庭院深深，占地广大，几乎有一半的村子都是鲁家的。当鲁宋听说当地的太守大人王羲之亲自前来见他时，十分意外，赶紧跑出来迎接。王羲之跟着鲁宋进到了客厅里坐下。鲁宋恭恭敬敬地问王羲之：“不知大人今天亲自到我家是为了什么事呢？”王羲之笑着说:“是这样的。我听说鲁老爷是本地最有钱的人家,家里有许多奇珍异宝,还有许多当地的土特产,而且听说鲁老爷非常喜欢书画,所以今天是专门来拜访你的,并且想用我写的一篇文章来跟鲁老爷交换本地的名产一活鹅,不知道鲁老爷愿不愿意换呢?”鲁宋一听十分高兴,他知道王羲之的字可是一件宝贝,花上百两的银子还不一定买得到,现在居然只需要一活鹅就能得到一幅字,那自己不是赚翻了?怎么会不同意呢?于是,他连连点头说:“行行行,只要大人愿意,我肯定也愿意呀!”王羲之笑着说:“既然鲁老爷同意了,那我就将这幅字留下,请鲁老爷明天将一活鹅带来衙门吧。”说完就告辞回家了。

第二天,鲁宋果然带着一只活的鹅来衙门见王羲之。王羲之见他带着一只活鹅来就生气地说:“鲁老爷太小看我王羲之了吧?我的字难道就只值一只活鹅吗?”鲁宋连忙说:“大人,这可是您昨天亲自说的,说让我给您一活鹅呀!”王羲之笑着说:“什么一活鹅,我说的是一河鹅。”鲁宋苦着脸说:“大人,这鹅从来就只有论一只一只的,哪里有论一河一河的呀?”王羲之见鲁宋这么说了,就让刚被叫来的阿兴上来,然后对鲁宋说:“既然你认为鹅不可以一河一河地论,那酒又怎么能一湖一湖地论呢?难道只允许你一湖一湖地论酒,就不允许我一河一河地论鹅吗?”鲁宋见阿兴上了堂,这才明白是怎么回事。他是哑巴吃黄连,有苦说不出,只好低头承认了自己的错误,并保证不再找阿兴的麻烦了。

王羲之见鲁宋认错的态度还是挺好的,就没有再追究下去,只是让人将自己的那幅字给拿了回来。阿兴向王羲之叩头道谢之后,欢天喜地地回家去了,而鲁宋也只好垂头丧气地回去了。

蜜汁里的老鼠屎

三国时期，吴国的国君孙权过世之后，他八岁的小儿子孙亮继承了他的王位，成为吴国的新国主。孙亮年纪虽小，为人却聪明机智，是一位非常有头脑和判断力的君王。

有一次，孙亮在花园休息的时候，忽然想吃梅子了，就命令担任黄门官的一名侍卫去取浸了蜂蜜的蜜汁梅来。于是，黄门官就到存放这些零食的食品库去取蜜梅给孙亮呈上来放在桌上。

孙亮刚吃了两颗蜜梅，突然发现在浸梅子的蜂蜜中，竟然有几粒老鼠屎。孙亮感觉一阵恶心，忍不住将刚吃进去的东西吐了出来。这可把在旁边侍候的太监宫女们吓坏了，赶紧拿水来给孙亮漱口，然后将地面打扫干净。这时，孙亮缓过劲来了，不由得大发雷霆："是谁这么大胆，竟敢将这么肮脏的东西给我吃？简直是不要命了，立刻派人查清楚这是谁干的！"这时，取蜜梅过来的黄门官跪在孙亮面前说："大王，我是从库吏那里将这蜜梅取过来的，一路上没有离开过我的手，一定是那个看守仓库的库吏，没有尽到自己的职责，没有看管好这些食物，才让这些老鼠屎落在浸梅子的蜂蜜里了，不仅让大王失去了品梅子的兴趣，而且还威胁到了大王的身体健康，实在是罪大恶极，应该将这个库吏重重地治罪，好好地教训教训他，以免别人也学他的样子不忠于职守！"孙亮听了，就派人将看守食品仓库的库吏给叫了过来。

库吏到了孙亮的面前，吓得跪在地上一个劲儿地叩头说："大王，小人一直是尽心看守的，因为那些食物都是大王经常会吃的，所以小人更是用心看管，不敢放松一点，根本不可能有老鼠，而且刚才我将这碗蜜梅交给黄门官的时候，里面除了梅子什么也没有啊！请大王一定要查清楚，小人真的是冤枉的，求大王查清楚啊！”黄门官说：“不对，你撒谎，明明就是你自己看管不力造成的，难道是我放进去的吗？我难道不知道这么做是要杀头的吗？你想陷害我是不是？”

这一下，黄门官和库吏各执一词，都说自己是冤枉的，这倒让孙亮有些为难了。因为这个事情没有别的人为他们作证，只能靠他们自己来说了，可他们又都说是别人陷害自己，各有各的道理。见双方争执不下，孙亮只好叫他们暂时都不要吵了，让自己好好想想。

孙亮低头想了想，又看了看浸在蜂蜜里的那几粒老鼠屎，忽然有了一个主意，只见他笑着说：“其实要知道老鼠屎到底是谁弄进去的，一点儿也不难嘛。来人，拿一把小刀来。”侍卫立刻找来了一把小刀。孙亮命令侍卫将这几粒老鼠屎弄出来，然后用刀将老鼠屎剖开。仔细观察了一会儿之后，孙亮沉着脸对黄门官说：“大胆的奴才，还不快从实说来，你为什么要陷害库吏，陷害我？快说！”

黄门官听孙亮这么一说，吓了一大跳，跪在地上大喊冤枉。孙亮冷冷地说：“你还不快从实说来！你以为我年纪小，就可以骗得了我吗？这几粒老鼠屎如果是早就在蜂蜜里的话，那么就会被蜂蜜给浸透了，不仅是外面，里面也会是润的，可是，这几粒老鼠屎外面虽然是湿润的，可里面却很干燥，这说明这几粒老鼠屎是刚放进去不久，不是你干的还能是谁？”黄门官听了之后，一下子就瘫在地上，只好将自己因为和库吏常为了一些小事发生口角，所以一直怀恨在心，总想找机会报复库吏一下。今天孙亮令他去取蜜梅，他觉得机会来了，就趁端蜜梅过来的时候，在途中加了几粒老鼠屎，想达到陷害库吏的目的，却不想被孙亮给看出了破绽。

听了黄门官的交代之后，孙亮令人将黄门官拖了出去重重地处罚，然后起身安抚了库吏一番，一场风波就此结束。大家对孙亮小小年纪就有如此高明的洞察力和分析力感到非常惊讶，从此再不敢对孙亮有轻视之心了。

明天吃饭不收钱

庞振坤是清朝乾隆时期邓州的一名秀才，他从小就机智过人，聪明好学，还喜欢帮助别人，每当遇到好人被欺负时，总是能想出好主意去惩治坏人。

有一年，庞振坤和几个同乡一起去京城参加考试。考试完后，他和同乡返回家乡时，路过一家客店。一位同乡指着这家店对庞振坤说："你知不知道这家店的老板是一个很可恶的人。我们到京城考试的时候曾经住过这家店。店主人在招牌上明明写着'明天吃饭不收钱'，却还是收了我们的钱，而且价钱还不便宜，我们问他为什么收这么多钱，牌子上不是明明写了吃饭不收钱吗？那个店老板说，牌子上写的是'明天吃饭不收钱'，可今天必须收，而且还说他的店条件好，所以收费也比别的地方要贵一点。当时把我们气坏了，因为急着去京城考试，谁也没有时间跟他计较，只好把钱给他了。现在看见这家店就有气，真想教训教训这个店老板，太可恶了，不知道他用这招骗了多少人呢。"庞振坤听了同乡的这些话，不由得微微一笑道："既然想要教训教训这个店老板，那为什么今天我们不去呢？我们今天就去这家店住住，看看这个店老板有多厉害。"一个同乡听了摇摇头说："我可不想去，不是我不想教训他，只是觉得自己没有好办法可以做到。"庞振坤说："办法是人想出来的，我们先去住下，我就不信找不到教训他的方法。"大家见庞振坤决心要住这家店，又知道庞振坤一向聪明过人，也许真的能找到一个教训黑心店主的好办法，于是就同意到这家店住下了。

那位店老板见好几位要住店的客人来了，脸上笑开了花，指着自己堂内挂的招牌说："各位是想要住店吗？我这个店可是独一无二的。

您看,只要您住店,明天吃饭就不给钱。怎么样,条件是不是很优惠呀?”庞振坤笑着说:“好呀,既然店老板这里有这么好的事,我们当然就住你这里啦。好吧,给我们收拾几间好点的房间吧,我们就住在这儿啦。”店老板高兴地吩咐店小二将楼上的几间房收拾了一下,就让庞振坤他们住下了。

到了第二天,店老板来找庞振坤他们结账。庞振坤笑着说:“怎么,老板是要赶客人走呀!我们可是没有打算这么快就走,我们还要住呢。”店老板听庞振坤这么说,就笑着回答:“天底下哪有店家赶客人走的道理?我以为各位只住一天,既然还要住,那就等客人们走的时候结账吧。”于是,庞振坤他们就又住了一天。就这样过了三天了,店老板见庞振坤他们一点走的意思也没有,于是只好又来找庞振坤结账,而庞振坤总是说自己明天才走,等走的时候一起结,老板只好又等了一天。可每天庞振坤都说明天走,一连过了十几天了,老板实在是招架不住了。这些人在这里住,可只要一天不给钱,他就赔了一天呀,所以这店主心里可着急了,又不好老去催,到最后实在没有办法了,就找到庞振坤问道:“您到底什么时候走呢?您总是说明天明天,我也是小本生意,没有办法老这么拖下去,您能给我一个准确的时间吗?”庞振坤笑着说:“老板,你着什么急呀,我们也不可能永远在这里住下去的。”接着,庞振坤指着老板挂在大堂的招牌说:“老板你不是在招牌上写着‘明天吃饭不收钱’吗?我们就等到了这一天之后就走呀。”老板这才明白,原来庞振坤他们是冲着自己这个骗人的招牌来的,知道自己遇到了不好对付的聪明人之后,店老板只好赔着笑脸,赶紧叫人将那个骗人的东西取下来,然后对庞振坤等人说:“这个事情是我做错了,希望各位不要再为难我了,我保证以后再也不敢挂这个牌子了。你们这几天住店的钱就算是我请客了,各位不必给了,只求各位能不能今天就走呀?”庞振坤笑着说:“既然店老板都这么说了,看来我们也等到了店老板承诺的这一天,那么我们现在就走,行吗?”店老板赶紧点头说:“行行行,怎么不行!”

庞振坤他们离开了这个骗人的客店。同乡们跷着大拇指对庞振坤说:“你真聪明,竟然用老板自己的方法好好教训了他一顿。看样子,他再也不敢挂那块骗人的牌子啦!”

东方朔上天

西汉时期,有个叫东方朔的大臣,见多识广,性情诙谐,常常以开玩笑讲故事的方式,使皇上明白一些道理。

有段时间,汉武帝听信了一些方士的话,沉迷于求仙炼丹,一心想求得长生不老的灵药。很多大臣都进行劝谏,但汉武帝根本听不进去。

这天,东方朔一脸认真地对汉武帝说:“陛下现在得到的药,都是凡尘人世的药,它们不能让人长生。只有天上的药才能使人长生不老。”

汉武帝一听就来了兴致,连忙问:“怎样才能得到天上的药呢?”

东方朔煞有介事地说:“臣可以上天,帮陛下取得天上的仙药。”

汉武帝信以为真,就立刻命令东方朔上天取药,限期三十天。东方朔又补充说:“如果陛下不放心,可以派人和我一起上天。”汉武帝就派了一个炼丹的方士跟随东方朔一起上天。

东方朔回到家,并没有什么上天的举动,反而天天走亲访友、饮酒弹琴。那位方士忍不住,频频催促东方朔行动。东方朔总是胸有成竹地说:“不着急,天上的神仙很快就会来接我的。”

一天,方士正在午睡,东方朔穿戴得整整齐齐,把方士摇醒说:“你怎么还在睡啊?我都已经从天上回来了。”

方士不相信东方朔的话,就去汉武帝面前告了一状,说是东方朔满口胡言,根本不能上天。汉武帝怒气冲冲地召见了东方朔,声言要以欺君之罪处死东方朔。

东方朔装模作样地哭道:“我又要死一次了。”

汉武帝奇怪地问:“你这是什么意思?”

东方朔说:“我上天后,天帝问我,地上的人穿什么,我说穿用虫子做成的衣服。天帝就问虫子长什么样,我回答说虫子的嘴巴像马,身上有一圈圈的花纹。天帝以为我在说谎,要处死我。后来派使者下界一查,知道我说的虫子就是蚕,这才饶了我的性命。现在陛下您也不相信我,那就请您身边的方士去天上调查一下,看我说的是不是真的。”

汉武帝已经明白东方朔是在胡编乱造,又好气又好笑地说:“你不就是想劝我不要相信方士吗? 竟然编出这样的故事。”

从那以后,汉武帝驱逐了身边的方士,一心一意治理国家。

千金买马骨

战国时期,糊涂的燕王哙听信谗言,废掉太子平,把王位让给了相国子之,因而引起了内乱。齐国趁机攻入燕国都城,燕王哙被迫自杀,但是燕国人民奋起反抗,还拥立太子平为燕昭王,最后终于赶走了入侵的齐军。

燕昭王继位之后,决心复兴国家,向齐国报仇雪耻。他向大臣郭隗求教说:“现在燕国人少国弱,我怎样才能招揽天下的贤士,帮我富国强兵呢?”

郭隗说:“我先给大王讲个故事吧。从前,有个国君很想得到一匹千里马,就对天下宣称愿意出重金购买,但是三年过去了,仍然没有一个人前来献马。后来一位侍臣主动提出替国君寻访千里马。有一天,侍臣在路上见到人们正围着一匹死马叹息。原来这匹马活着的时候日行千里，现在死了，大家都觉得很可惜。侍臣就拿出一千两黄金买下了这匹千里马的尸骨，带回去献给国君。国君大怒说：'我要的是活的千里马。这死马有什么用，你竟然花费了我这么多金子！'侍臣说：'大王请息怒。如果天下人听说大王连一匹死马都肯付出千两黄金，就知道您是多么喜欢千里马了。用不了多久，千里马就会送上门来的。'国君听信了侍臣的话，隆重地安葬了千里马的尸骨。果然，不到一年，国君就先后得到了三匹千里马。"

讲完故事，郭隗又接着说："大王如果想招纳天下的贤才，那就把我当做马骨吧。那些比我更贤能的人听到这个消息，就会踊跃地来投奔您了。"

燕昭王听了十分高兴，立刻下令修建了高大华丽的房屋，请郭隗住进去，并恭恭敬敬地拜他为师；又筑起了招贤台，在台上堆满黄金，用来招募贤才。

这件事很快传遍了天下，各地人才纷纷前往燕国。燕昭王都一一重用了他们，励精图治，使燕国很快强盛起来。后来，燕国把齐军打得一败涂地。

假仗真宝

武则天称帝时，她的女儿太平公主极受宠爱，曾接受不少赏赐，成了权重一时的显赫人物。

一日，太平公主闲来无事，便想取来宝物观赏。平时，公主对这些宝物异常珍爱，不敢轻易动用，也不敢随意出示于人，密藏于宝库里，并加锁数道，以保万无一失。谁知今日打开柜子一看，两盒宝物不翼而飞。公主十分惊愕，不仅因为宝物稀世罕见，价值连城，更是因为丢失御赐之物，非同小可。日后若是皇帝查问起来，自己可担待不起，于是她立即进宫，向武则天禀明此事。

武则天听闻，极为震怒，暗想：什么人如此猖狂，居然到公主府中盗取宝物，真是贼胆包天！如不查明重办，后患无穷。当即命人把洛州长史传来，厉声责问："公主府中宝物被盗，你身为洛州长史，对如此大案竟未有察觉，该当何罪？"长史连忙叩头，回道："公主府中失盗，臣确有失察之罪，望陛下开恩，限定日期，容臣察访，如能破案捉贼，追回宝物，也好将功补过。"武则天盛怒之下，哪容他人分辩，不等长史说完，便一拍桌案，厉声道："说什么失察，分明是你玩忽职守，还敢与朕狡辩？限你三日破案，三日捉不到贼，追不回宝物，一并治罪！"长史闻言，心中暗自叫苦："三日破案，除非神助，否则比登天还难。"想到此，连连叩头，乞求武则天宽限几日。武则天并不理会，怒气冲冲，拂袖而去。长史见状，吓得额角冒汗，浑身抖作一团。半晌过后，方才强打精神出宫。

长史回到府中，便差人调河南、洛阳两县县尉火速来此，听候差遣。两县尉不敢怠慢，催马赶至长史府，听说公主府中宝物被盗，已知此行凶多吉少，又听说限定两天破案，不然就地处死，顿时吓得目瞪口呆，瘫倒在地。长史把令传下后，也不多说，命人将两县尉拖出府门外。两人百感交集，痛不欲生，后转念一想，事已至此，倒不如任其自然，听天由命。两人彼此宽慰一番，便各自回衙，召集差役说："公主府中宝物被盗，限一日内查清，不然就别想活了。"众差役闻言，先是一愣，暗自寻思："公主府第建在京城之内，墙高院大，门禁森严，能到府中盗走宝物的，决非寻常手贼草寇，必有超人本领，如何一日之内捉到？"

有一名洛阳县差役，名叫沈智清，聪慧伶俐，精明能干，平时被张县尉视为左膀右臂，此刻也深感为难，跪到张县尉面前说："大人不如现在就处死我们吧，何必让我们多受一日煎熬？”县慰听后十分生气，拍案喝道：“你讲此话，就该掌嘴！本县何曾存心置你们于死地？”沈智清回答：“如此大案，大人只给一天期限，并言明不能破案即不可活，这岂不是有意刁难？小人想，早晚都逃不出一死，索性求大人恩典，早些赐死，彼此都省却许多麻烦。”“本县以前这样逼过你们吗？这次可非同寻常啊！”县慰反问道，停了停，满脸苦笑，语气弱了许多，“不是本县刁难，而是捉不到人，连本县慰也活不成啊！时间所剩不多，还是赶紧设法捉贼去吧！”说完起身进入后堂。众差役面面相觑，一个个如木雕泥塑一般。沈智清见状，便对众人说道：“看来各有各的难处，我们还是分头到街前闹市、茶楼酒馆，暗中查访，或许能找出些蛛丝马迹，总比在这里提心吊胆、坐以待毙强。再说大人平时对我们也很关爱，也算是为大人分忧吧！”众差役觉得有理，马上起身，分头行事。

沈智清同两个差役在各处察看了半日，无半点结果，两差役愁容满面，忧心忡忡，沈智清便劝慰道：“何必如此犯愁，人活一百终有一死，愁又有什么用？现在尚有半日时间，一有转机，我们大家岂不就有救了？走，前面有座酒楼，暂且到里面去小饮几杯。”

几杯酒入肚，两个差役更是愁上加愁，沈智清一再劝慰，无奈心病难医，丝毫不能奏效。就在这时，只见旁边座上站起一人，走到他们面前，关切地问道：“三位有何难解之事，在此犯愁？”沈智清等三人同时抬头，只见那人虽是常人打扮，却举止潇洒，仪表不凡，三绺短须，年纪在五十上下，目光深邃，仿佛洞察身边一切，因此赶忙起身问道：“阁下贵姓高名。何故如此关切？”那人答道：“我见三位公差打扮，且眉头紧锁，必是遇到疑难之处。如能相告，或许可助一臂之力。”沈智清略表迟疑，那人便已心知肚明，环顾四周，见无人注意，便从袖中掏出一红绸小包，打开一看，是一方湖州别驾的官印。那人低声道：“本官苏无名是也！”沈智清等人听到这里，顿时喜出望外，慌忙跪倒在地，齐声道：“小人有眼不识泰山，还望见谅。若得大人相助，我等可得生了。”

原来这苏无名学识渊深，通今博古，为官多年，以清廉自守，极得治下百姓拥戴，尤以善断盗案、长于擒贼，享名于朝廷内外官吏之中。为官所到之处，可称政通人和，盗贼敛迹，夜不闭户，路不拾遗。沈智清对此早有耳闻，如今一见，便像见了救星一般。

苏无名得之情由，即刻随他们同见县慰，再见长史。长史闻报大喜，急忙降阶相迎，紧握苏无名双手，感激不尽。苏无名说："此次到京本为述职而来，既遇此事，岂能袖手旁观？再者，破此案，擒贼人，缴赃物，不仅为同行兄弟破除困厄，亦可为民除害。"言罢，要长史领他去见皇帝，当面请旨。长史自然是求之不得，遂进宫向武则天禀明此事。武则天自然知道苏无名，马上传旨召见，一见面就迫不及待地问："盗贼捉住了吗？"苏无名回答说："还没有。不过，如果皇上委派臣去破案，也许能行。但请不要限定时间，放宽对府县的限期，眼下暂不追究此事，因为这盗贼不同一般，追急了，反会误了大事。另外，需将河南、洛阳两县捕盗吏卒全部归臣调遣。数十日内，臣定将盗贼捉拿归案。"武则天将信将疑，问道："爱卿有把握吗？"苏无名从容回答："陛下依臣所奏，十有八九可如期使案情大白天下。"武则天也深知要破这等大案，没有一段时间不行，限定三日破案乃是一时之气，于是说："就依爱卿所奏。破得此案重赏，如不能缉获盗贼追回宝物，便有欺君之罪！"

苏无名领旨出宫，召齐沈智清等两县差役，告诫他们先不要着急，但也不可懈怠，要暗中密切注意一切可疑之人。到时，再告诉他们如何行动。

约过一月有余，正值寒食节，也就是清明节，苏无名召集沈智清等全部差役，向他们布置了行动计划，让他们十人或五人一组，分别在城东门和北门注意监视。如果看到有十多人的胡商，身穿孝衣，向城外北邙山墓地而去，就偷偷跟踪，并马上报告。

沈智清等差役们按苏无名的吩咐，密切监视过往行人。不久，果然出现一伙胡商，约有十二三人，向北邙山方向而去。沈智清急忙派人去向苏无名报告，自己领着其他人继续紧紧尾随，观其行动。苏无名得报立即赶到，询问适才发生的情况。沈智清说：“这伙胡商至一座新坟前，设祭奠后，哭嚎一阵，即撤掉供品，一起绕坟仔细查看，审视良久，遂相视而笑，此时正在坟侧分享供品，饮酒叙谈。”苏无名笑道：“如今此案可了结了。”言罢，命令沈智清带人一拥而上，将胡商们抓获。胡商立即大嚎大叫，苏无名并不理会，沈智清他们挖开坟墓，露出一口棺材，打开一看，里面装的全是太平公主丢失的宝物。这伙胡商面对赃物，无可抵赖，这才乖乖将作案经过如实招供。

原来他们早就得知武则天赠给太平公主不少宝物，于是由两个偷技非凡又善于异装术的人，乔装混入公主府，再进入库房，神不知鬼不觉地将宝物盗了出来。由于担心公主发现宝物失盗后查得急，不能安全搬回家乡，所以想了一个暂缓搬运的办法，埋在新坟里，待风波平息、时机成熟后再搬运回去。众差役无不咋舌，十分惊讶，作案经过全都与苏无名分析的一模一样。如果不是遇到苏大人帮助，此案如何破得了？大家都佩服得五体投地，不约而同地称赞苏无名断案如神。

消息奏明皇帝，武则天既喜又惊，当即传旨召见苏无名，问道：“你是怎么捕获这些盗贼的呢？”苏无名回答说：“臣并无神奇之处，只是能识别盗贼罢了。臣到达京城那天，正是这些胡商出殡送葬之时，见他们行动异常，觉得事有蹊跷。根据经验，臣当时就怀疑他们是贼，但没有证据，也不可能跟踪他们去何处埋葬。后来遇到沈智清等公差，得知公主宝物失盗，所以才斗胆向皇上请旨破案。今天是清明节，百姓有扫墓的风俗，我估计这伙胡商必定趁机出城有所行动，于是派人暗中尾随，以查找假坟，顺便留意他们的举动。到了墓地，发现这伙强盗既然设了供品，举行了祭奠，但他们却哭而不哀。这证明他们埋葬的不是人。当祭扫完毕，又发现他们在墓旁来回察看，并相视而笑，这表明他们看到坟墓完好如初，放心了。他们将宝物埋在坟墓里，是想待风波平息下来后再分享。当初如果催促官府立即侦破此案，这伙贼人必定狗急跳墙，将财宝取出逃走，或者来个按兵不动，无法破案。所以，臣才建议暂不追究，先稳住他们。”

武则天听了，大为赞赏。随即传旨赏赐苏无名黄金丝绸，官职连升三级。

直入云霄的楼台

春秋战国时期，魏国的实力一度非常强大。由于国泰民安，边境安宁，魏王也就过得十分悠闲。有一天，他站在王宫里高高的楼台上，望着四周的景色，感觉非常舒服自在。当他抬头望着蓝天之时突发奇想，如果自己在这里建一座高高的楼台，有从地到天的一半那么高，就叫它“半天台”，站在那么高的楼台上，一定比现在更加的惬意吧！这个念头一起，魏王就再也放不下了，一门心思地想要建半天台，并召集了自己的大臣们来一起商量这件事。

当大臣们听到自己的国君居然有这么一个不切实际的念头时，都纷纷劝魏王打消这个主意，因为这根本就是不可能完成的事情，可是魏王越是见有人劝他，他建半天台的决心反而越大。到后来，魏王见劝阻的大臣越来越多，不由得非常生气，对大臣们下了不许再劝阻的命令，而且还声称，如果有谁再劝他，那么他就会将那个人砍头示众，看还有没有人敢再来劝阻。这命令一下，所有的大臣们都不敢再说话了，魏王见无人再反对，于是就下令在四个城门处张贴告示，向天下的百姓宣告自己建半天台的决定。

当这个荒唐的告示贴出来之后，百姓们议论纷纷，认为他们的大王一定是鬼迷心窍了，怎么会有这么荒唐的想法呢？但魏王已经听不进去谁的劝告了，而且还会杀掉劝阻的人，所以虽然大家都觉得可笑，但却没有任何一个人敢去向魏王指出来。

这天,魏王的王宫外来了一个人,名叫许绾。他背着筐,带着铁锹准备拜见魏王,说自己是来帮助魏王建半天台的。卫士们将许绾的话向魏王禀告了。魏王正在为大臣们劝他不可以修半天台的事生气呢,一听竟然有人主动来帮助,心中十分高兴,命令卫士立刻将这人带进来。

许绾来到王宫里面,拜见了魏王。魏王问他:“听说你是来帮助我建半天台的,那你有什么高招吗?你准备怎么建这个半天台呢?”许绾回答道:“我修建高台的本领不太高,但可以帮助魏王计划一下建台的事。”魏王又问:“你觉得建这个半天台需要准备一些什么呢?”许绾回答说:“首先,大王应该发动一次大规模的战争。”魏王一听打断了许绾的话说:“为什么我建半天台必须要先发动战争呢?”许绾笑道:“大王您难道不知道吗?听说这天到地的距离有一万五千里,建半天台就需要七千五百里高。要建这么高的建筑,下面的地基一定要很大才行,至少需要八千里的土地做地基。可是我国的国土没有那么大,所以只好先打仗,先把我国四周的诸侯国全部占领了。可这些还不够,还需要将更远地方的国家全部消灭,据为己有,要先占领八千里的土地。不过这还不够,因为建造这样的建筑还需要非常多的材料和人力,以及供应给这些人员的粮食,必须在八千里以外的土地上种植粮食,而且种植面积还必须十分广阔才够给这些人吃,而为了这些,就只能靠战争来夺取。所以,我认为在建半天台之前,大王必须先发动一场大规模的战争,而且必须要打赢才行,不知道大王认为我的这个建议好不好呢?”魏王听了许绾的一番话之后,呆在座位上,半天说不出一句话来。仔细想了想许绾的话,魏王也觉得这的确是一个不可能的计划,自己的想法太荒唐可笑了。于是,魏王不好意思地对许绾说:“先生确实是一个高明的人,用这种办法让我认识到自己的想法是不对的,谢谢先生的一番教诲,我知道该怎么做了。”接着,魏王下令将贴在四个城门上的告示给撕了下来,从此以后,再不提什么建半天台的事情了。

许绾以自己的聪明机智，让魏王认识到了错误，阻止了一件荒唐事情的发生，为魏国的百姓免去了不必要的负担。

望梅止渴

曹操是三国时期的著名军事家。他年轻的时候曾奉命去攻打张绣的军队。当时正是夏天，太阳烤得人皮肤火辣辣的痛。曹操带领的队伍必须翻过一座大山，才能到达目的地，而他们已经在这座大山里走了一天一夜了。因为这是一座荒山，周围不要说人，就连一棵树也看不见，更别提有什么水源了。士兵们走得口干舌燥，嗓子都快冒烟了。

曹操手下的一名军官见到这种情况，就向曹操建议去寻找水源，可是派出去的几批士兵都回来说没有找到水源。士兵们走得精疲力竭，一个个东倒西歪的，而且更糟糕的是，因为严重脱水的原因，有好几名士兵已经体力不支，倒了下去，这对剩下的士兵们来说，真是一件十分糟糕的事情。陆陆续续地有士兵停了下来，坐在路边大口大口地喘着粗气，这些士兵的嘴唇都干得裂开了口子，鲜血渗了出来。曹操看到这种情况，万分焦急，他策马跑上了附近的一个山冈，站在马背上向远方眺望，希望能看到有水的迹象，可他失望地发现，这一片干旱的区域十分广大，不仅在这附近没有什么水，就连方圆几十里似乎也没有水的踪迹。他再回头望了望站在那里用渴求的眼光看着自己的士兵们，心里很难过。如果照这个样子下去，别说去攻击敌人，恐怕要走出这一片干旱地区都会有问题，搞不好部队会全部倒在这里。该怎么办才好呢？他低头想了想，心里有了一个主意。只见他脸上带着兴奋的笑容，骑马往回跑，一边跑还一边大声地嚷嚷道："好消息，好消息！我看见前面有好大一片梅林。那里一定有水，还有结得又大又酸的梅子！大家打起精神来，只要能坚持到梅林那里，我们就胜利啦！大家打起精神来呀！"

士兵们一听说前面有一大片梅林，眼睛全都亮了起来，似乎已经看到那梅林里的梅子了。一想到梅子那又酸又甜的味道，大伙儿的嘴里都忍不住冒出口水来，精神也振奋了起来。大家一心想着只要能坚持走到梅林，就有梅子吃了。于是，坐在路边的士兵也站了起来，重新加入到队伍里来了。大家相互鼓励着、支持着往前赶，总觉得那酸酸香香的梅子就在前方等着他们了，所以，大伙一个劲儿地往前走着，仿佛太阳的威力已经对他们没有作用了，疲惫的双脚又充满了力量，就这样，队伍在曹操的带领下不断地向前赶。每当队伍有点松懈下来时，曹操就鼓励他们说："快到了，快到了，大家再坚持一下！"于是，队伍里稍微有力一点的士兵扶着弱一点的士兵，互相搀扶，互相鼓励，继续往前走。

在经过了大半天的行军之后，天已经快黑下来了，派到前面去探路的士兵终于带回来了一个令人兴奋的消息，就在前面不远处，他们发现了一处山泉。士兵们一听到这个好消息，顿时欢声雷动，兴奋雀跃，所有的疲劳和痛苦一下子就无影无踪了，大伙几乎是用跑的速度向那眼山泉冲去。

曹操见状也是欣慰万分，终于将队伍带到了有水的地方了，自己的心理战打赢了。此时的士兵们早已忘了曹操先前提到的那片虚幻的梅林，在他们眼里，这真实的山泉比世界上所有的梅子都可爱得多。

就这样，曹操终于将自己的队伍带到了目的地，而士兵们经过充足的休息后，也恢复了战斗力，在曹操的带领下成功地击败了敌人。

三题娶公主

文成公主是唐宗室之女。她非常聪颖，是一个才女。因为自愿前往吐蕃和亲而被唐太宗封为文成公主。当时唐朝刚刚建立不久，大家都希望能有一个和平的生活，而对唐朝政权威胁最大的一个民族就是当时的吐蕃王国。掌握吐蕃政权的是松赞干布，他也是一个集勇敢和智慧于一身的贤明君主。为了两国的友好和世代和平，松赞干布决定派使者去唐朝求亲，希望能娶唐朝公主为妻。当时，除了吐蕃国之外，还有好几个国家都来提亲了，而唐太宗为了考验他们的能力，要求求亲者必须答对自己出的三道题之后，才能把公主嫁给他。大家对唐太宗的这个要求非常乐意配合，纷纷认为这正是展示自己聪明才智的好机会，于是都非常爽快地答应了。

唐太宗出的第一题是：将一颗名为九曲璁玉的明珠拿来，让大家用一根细线从这珠子中穿过来。因为这珠子里的孔是弯弯曲曲的，很难穿过线去，其他的求亲者忙得满头大汗也没有将线穿过去，松赞干布派来的使者大相禄东赞也试了几次不成功之后，就开始研究起这珠子来。他仔细想了想之后，想到了一个办法。他将一只蚂蚁捉住，然后将细线拴在蚂蚁的身上，在珠子孔的一端涂上蜜，将蚂蚁从另一端放入。那蚂蚁闻到蜜香，就从孔里的一端爬到了另一端，同时也将细线穿了过去，这一场比赛，禄东赞胜了。

第二道题的题目是：将一百只母马和小马分开，然后让求亲者找出这些母马和小马的关系。这可难坏了许多求亲者，他们想了很多办法也没有找清楚母马和小马各自的关系。禄东赞想了一会儿，对唐太宗说："请将这一百匹小马关一晚上，只给它们吃草料，但不给它们喝水，明天答案就能揭晓了。”果然，第二天，渴了一晚上的小马们一见到母马，就各自朝自己的妈妈跑去吃奶，母马和小马的关系一下子就明了了。这一场，禄东赞又胜出了。

这时，唐太宗出了第三道题：明天是宫里女性出来赏花的日子，公主会和一百名装扮得一模一样的宫女们一起出来，只要能将公主认出来的，就算是赢家。这是最后也是最难的一题，因为大家谁也没有见过公主长什么样，只知道她聪明美丽、温柔大方，可要从一百名同样装扮的女子中找出公主来，实在是太难了。大家纷纷想办法，觉得只有找到公主身边亲近的人，了解公主的样子才能取胜，可宫里的宫女们是不可以随意出宫的，只有公主的奶娘住在宫外，于是，大家不约而同地去找奶娘帮忙了。

到了奶娘住的地方，许多求亲者都向奶娘提出了自己的请求，并纷纷承诺如果奶娘能帮助自己认出公主，就会给奶娘多少金银珠宝，或是多少大宅良田，可奶娘却像是没有听见一样，一声不吭，只是一个劲儿地摇头。大家求了半天，还是没有办法让奶娘答应，只好失望地离开，而禄东赞却不像这些人一样对奶娘许愿，他只是站在一旁等待着。等那些求亲者都离开后，他才来到奶娘面前，对奶娘说：“老人家，我从很远的吐蕃来到大唐，是想替我们大王迎娶你们的公主回去，我这样做是为了大唐和吐蕃的百姓着想。强大的大唐和强大的吐蕃王国只有形成了亲戚关系，才可以让两国之间常年的争斗得到平息，老百姓才能安安稳稳地过日子，所以，我们大王会好好照顾公主，让她得到快乐和幸福，也让两国的百姓得到安宁和平静。请老人家帮助我们大王完成这个心愿，行吗？”一番话打动了奶娘，她看了看禄东赞说：“能为自己的百姓谋求幸福的君主一定不会是一个坏人，他也一定会让自己的妻子幸福。好吧，我答应帮助你。你记住，公主长得很美丽，最特别的是在她的两眉之间有一颗红痣，这颗红痣远看是一点，近看却像是一朵梅花。因为只有公主才长了这么漂亮的一颗痣，其他的人就算是点上红点,也绝不敢画成梅花样。明天,你就凭这个去认公主吧!”禄东赞谢过了奶娘,回到了自己的住处,牢牢记住了公主的标记,只等着第二天认人了。

到了第二天,一百名美丽的少女来到了花园里,大家都被要求前去认公主。果然,所有的求亲者看着这些美丽的少女都觉得眼花缭乱,个个都像公主,看了半天,还是认不出谁是公主,只好垂头丧气地离开,只有禄东赞因为得到了奶娘的指点,所以他从容不迫地从这些女孩子面前走过,仔细看着她们眉间画的红点,终于在快看完的时候,看见了一朵梅花样的红痣。禄东赞走到她面前,深深地鞠躬施礼道:“公主,您好。”禄东赞又胜了最后一场。唐太宗对于禄东赞的聪明非常欣赏,认为松赞干布的手下都这么聪明,那他本人一定差不了。文成公主能嫁给这么一个聪明有智慧的人,一定会非常幸福,于是就送给了公主许多嫁妆,将她嫁到了吐蕃。

郑板桥审石头

郑板桥,清代著名画家、书法家。在潍县作县令时为官清廉,断案如神,深受当地百姓爱戴。

郑板桥到潍县的第五天早上,坐轿出去办事,回来的时候天快晌午了。他听肚里“咝呵咝”地唱起了小曲儿,便使劲地催轿夫快走。可是,轿子到了衙门前,却走不动了,只听外面“呜呜呀呀”地乱喊乱叫。郑板桥掀开帘子往外一看,见街两边吵吵嚷嚷拥过一帮人来。一边高声喊着:“县太爷来了,迎接县太爷!”一边把衙门口堵了个严严实实,水泄不通。郑板桥看得明白,心里想:这又不知是为我预备的什么好“菜”! 我须仔细防范才是。

他正这么想着，忽听人堆里“叭”的一声响，接着是一个男人的号叫和恶言浊语的斥骂。原来这街两旁有些摆小摊做生意的，见一些不三不四的家伙一窝蜂似的往这拥，知道不好，赶快拾掇起摊子往外躲。有一个卖稀粥的徐老汉没来得及躲避，被这帮家伙一下子挤倒在路旁。那粥罐不偏不正，正好砸在了一块七角八棱的青石上，摔了个粉碎。黏糊糊的粥淌了一地，溅了徐老汉一身。一个满脸麻子的家伙一下子把徐老汉揪住，那帮人趁机大吵大闹起来。霎时，县衙门前乱得像开了锅。

郑板桥一看这光景，心里早明白了七八分。他吩咐一声：“落轿！”轿子便稳稳当当地停在了道中央。吵闹声也一下子止住了。

郑板桥不慌不忙地从轿子里走出来，问道：“你们不各行其是，聚在府前大吵大闹，是何道理？”

话音刚落，那麻子立即揪着徐老汉前襟，上前答道：“禀告老爷，您上任四五天了，小的们都没得空拜望，今日特来府前迎候，偏这老儿眼中无老爷，故意扰乱……”

“老爷恩典。”徐老汉战战兢兢地把麻子的话截住，说，“实在不是小的故意扰乱。我家中有一瞎眼婆娘和五个儿女，全靠我卖稀粥度日。今日不知哪个缺德的将小人绊倒路旁，粥罐这一砸，全家得饿一天肚子。小人冤枉，请老爷替小人做主。”他说着说着，眼泪不由得滴了下来。

郑板桥看看徐老汉，觉得可怜。扫了众人一眼，刚要开口，一个腰腿滚圆的胖财主朝郑板桥作了一揖说：“小人看得分明，这老汉确是被不知哪个缺德的绊倒的。老爷身为父母官，实在该给百姓做主。”

郑板桥上下打量了他一眼，问道：“既然你看得分明，是哪一个做的这缺德之事？但说无妨。”

胖财主故意拉着长腔，指着路旁那块石头，装模作样地说：“告老爷知，不怨天，不怨地，作孽的是这块七角八棱的大青石！请老爷明断！”

胖财主话音一落，旁人也七嘴八舌地附和上了。衙门前又吆三喝四地吵了一阵。

这时候，郑板桥已完全猜出了他们的用心，紧跟着想好了一条对策。他故意显得郑重其事地问道："这么说，这块石头是砸碎粥罐、惊扰我县太爷的罪魁祸首了？"

"正是。"

"谁做证人？"

"小的们都亲眼所见。"

"那好，我今日就审审这罪魁祸首。"郑板桥吩咐衙役，"给我将这块石头绑到堂上。"随后又朝着众人说："既然是诸位亲眼所见，那就请到公堂作证吧！"

"小的们愿往。"

于是，县太爷在前，衙役、石头随后，徐老汉、豪绅、恶棍等紧跟，呼呼啦啦，拥进了县衙。

没多会儿，县太爷升堂了。堂前一边跪着徐老汉，一边是那块大青石，两旁站着证人们。郑板桥端坐堂上，手指青石问道：

"好个可恶的石头，你为何无事寻事，将老汉的粥罐砸破？给我如实招来！"

堂下鸦雀无声。

郑板桥将惊堂木一拍："来人！给我打它四十大板！"

衙役们遵命，吧嗒吧嗒，一五一十地打起来。两旁的豪绅、财主、地痞、流氓们见了，挤眉弄眼，偷偷发笑。

郑板桥瞟了他们一眼，突然大声问道："你们是上堂当证人的，不好好听老爷审案，乱笑什么？"

堂下乱纷纷地答道："笑老爷执法如山，赏罚分明。可惜，这块哑巴石头，就是问上三年，怕也逼不出一句话来呀！"

"怎么，这石头是哑巴吗？"

“千真万确。”

“那么，它可会走动？”

“天生的死物，无嘴无腿。”

“住口！”郑板桥忽然把惊堂木一拍，兀地站起来，喝道，“它一不会说话，二不能走动，怎么能欺负这卖粥老汉，成了砸碎粥罐的罪魁祸首呢？这分明是你等存心不良，嫁祸于人，欺骗本官。欺官如同欺父母，我今日对你们决不轻饶。”随即命令左右：“这帮无赖罪该万死，一人赏四十大棍，赶出堂去！”

这一下可把这伙恶棍们吓坏了。他们深知刑罚的滋味，不用说四十棍，就是一棍两棍，他们也受不了啊！他们本想寻衅捉弄郑板桥，没想到却被郑板桥倒“捉”了。一个个扑通扑通跪在堂前，磕头虫一般求起饶来。郑板桥呢，自然还有一番心计，他当即吩咐衙役端来一个大笸箩摆在堂前，说道：“你们既哀求本官，本官也不为难你们。你们哪一个不愿受刑，就在笸箩里留下赎罪钱，本官便放你们回去。”

你想想，这伙东西谁不顾命？他们纷纷扔下钱，溜出府去。没多会儿，那笸箩里的钱就满满当当盛不了啦！郑板桥把这些钱全给了徐老汉，还好言安慰了他一番，叫人送他回家。徐老汉感激万分，逢人就说：“咱潍县来青天大老爷啦！我亲眼见的，青天大老爷！”

打这以后，潍县的豪绅、财主、地痞、流氓，再也不敢出坏主意算计郑板桥啦！

张飞审瓜

张飞是三国时期蜀国皇帝刘备的结拜兄弟，排行老三，人称“三爷”。他为人忠心耿直，疾恶如仇，但性格过于粗犷，做事不够细心，被人们称为猛张飞。为了让他改掉粗心的坏毛病，军师诸葛亮决定派他到一个县城去当三个月的县令，并告诉张飞要好好地做父母官，不能有错案或是冤案产生，否则就不再派他去前方作战了。张飞为了表示自己的决心，就和军师立下了军令状，然后骑着马，带着几名侍卫去上任了。

当时正是夏天最炎热的时候，张飞带着自己的手下骑着马向县城方向赶路，走到离城不到三四里地的时候，突然听见路边西瓜地里传来一阵吵闹声，还有小孩的哭声。张飞觉得很奇怪，这大热的天怎么会有小孩子在这里哭呢？而且听声音似乎是一个婴儿。张飞勒住马，命令跟随的侍从前去看看到底发生了什么事。

过了一会儿，侍卫跑来报告说："三爷，前面有一个妇女抱着一个婴儿正和几个男子争执。似乎是说那女的偷了西瓜，主人家找她算账，而那女的却声称是那个主人调戏她，诬陷她偷瓜，现在正在那里吵得厉害呢。"张飞觉得很奇怪，决定亲自上前去看看。于是张飞下了马，走到瓜田里去，只见一个年轻的女子手里抱着一个婴儿，胳膊上挽着一个包袱，正被几个男子围着不让走。在离这群人大约两米远的地方有一棵大树，树荫下站着一个富家子模样的年轻男子。张飞走到这群人面前，大声地说："你们这是干什么？怎么能几个大男人围着一个女子吵闹？真不像话，还不快闪开！"那几个围着女子的男人见有人前来打岔，就冲着张飞嚷道："你是干什么的？滚远一点，没看见赵公子在办案子吗？"张飞一听，哈哈大笑道："真是好笑，从来只听说是官府办案子，今天还是第一次听见什么公子办案子，真是笑死人了！"这时，那富家子走了过来，上下打量了张飞几眼，见张飞黑黑的一张脸，军人打扮，以为是路过的军人，就对张飞说道："你走你的道，我办我的事，咱们井水不犯河水，这女子偷了我家的西瓜，我正在审她呢。"那女子听到这里，高声说："胡说，明明是你想调戏良家妇女，见我不愿意，就诬陷我偷了你的西瓜，你才是该被送衙门受审呢。"

一句话提醒了张飞，他心想："对呀，我是这个县城的县官呀，这个案子应该交给我来审。太好了，刚上任就遇到一个偷瓜案，如果我办好了，军师一定会夸奖我，说不定，不用等到三个月，我就又能上前线打仗了！哈，太好了。"想到这里，张飞一阵开心，立刻对这一群人说道："我不管你们谁对谁错，全都跟我到县衙门去受审，县太爷自然会给你们主持公道的，走吧，都到县衙门去。"那位赵公子看着张飞说："你是谁呀，就让我们跟你走？你有那么大的面子吗？"这时，张飞的侍卫冲着他们大声说道："放肆，这位是新上任的县太爷，是皇上的三弟，张飞张三爷，还不快跟我们去县衙门，难道要我们动手请你们吗？"那赵公子一听，吓了一跳，原来是张飞来了，不过他心里也暗暗高兴，人们都说张飞是个大老粗，肯定不会审案子，看样子今天这场官司自己赢定了。于是他赶紧对张飞说："对不起，不知道是张三爷，我们立刻跟您去县衙门，立刻就去。"然后赵公子使了一个眼色，让手下将瓜田里的三个西瓜抱上，跟着张飞一起去了县衙门。

到了县衙门，张飞开始审案子了，他先问那个女子说："你先说说事情的经过。"那名女子跪在地上说："县太爷，今天我准备回娘家去看看母亲。走到那个瓜田的时候，因为天气太热，孩子受不了，哭了起来，我就走到瓜田里的那棵大树下去休息，可谁知道遇到这个赵公子也来瓜田。他见我单身一个人带着一个小孩，就不怀好意地想欺侮我，被我骂了一顿，他就说我偷西瓜，让人将我拦住不许走。幸好大人来了，我才没有被他欺侮，求大人替我主持公道。"张飞听了点点头，又对赵公子说："那你再说说情况是怎么样的。"那赵公子说："大人，今天我带着仆人来看我的瓜，正好看见这个女子将三个西瓜摘下来准备偷走，我就叫人将她拦了下来问话，她却说是我欺侮她，请大人明察。"张飞听了两人的话，觉得都有道理，这可难办了，今天这个案子可不能办砸了，一定要好好想想。张飞望着那个女子又看看堆在地上的西瓜，突然想到了一个解决问题的好办法。他看着女子说："你这个女子太不像话了，回娘家就回娘家，为什么去偷别人的西瓜呢？这样吧，既然你偷了赵公子的西瓜，就判你跟赵公子回家去当佣人作为惩罚。好了，就这么判了。”

这番话一说，高兴的是赵公子，生气的是女子，莫明其妙的是侍卫。赵公子高兴得就要将那女子带回家去，却听张飞又将他叫住了：“赵公子等一下，把地上的西瓜一起抱走吧，这可是罪证呀。”赵公子连忙过来抱西瓜，可三个西瓜怎么也抱不了，最多只能抱两个，他想叫手下的人来帮忙，却被张飞制止了，就要他一人来抱。他抱了半天也抱不起来，这时大家似乎明白了张飞的用意，都站在那里笑嘻嘻地看着赵公子表演。赵公子很狼狈地抱了半天，还是没有办法将三个西瓜一起抱起来，这时，张飞才大喝了一声：“你这个可恶的家伙，你空着两手还抱不了三个西瓜，那个女子怀里还抱着一个小孩，怎么可能偷你三个西瓜？明明是你诬陷好人！来人，将他拖下去重打四十大板，罚银一百两，送给这位女子作为赔偿。”

大家听了这个判决，纷纷鼓起掌来，张飞上任的第一案就这么顺利地结案了。

在听到张飞审西瓜的报告后，军师诸葛亮非常高兴，认为这个猛张飞已经开始学会观察事物，找出解决问题的方法了。三个月任期满后，张飞再次回到了他一心向往的战场，并学会了从多方面去考虑问题，再不是以前那个只知道使蛮力的粗人了。

一朵白花

春秋末期，越国为了洗刷“会稽之耻”，大夫范蠡忍辱负重，亲自将绝色美女西施送往吴宫。西施在吴宫一住就是十年。她听说越国将兴师伐吴，就设法搞到一张吴都姑苏的城防图。可是宫墙里，戒备森严，地图怎么送到越国去呢？

西施苦思了三天，云鬓懒理，衣衫不整，饮食无味，眉心紧蹙。吴王不安地问她什么事不开心？西施以手捧心说："大王，不知为什么，臣妾近来又常感到胸口疼。"

吴王忙招来最好的御医。但西施服了药，"病"反而更重了。吴王说："有谁能治好你的病？"

"能治好我病的是我的堂伯父施老医生，住在越国的苎萝山上。臣妾儿时胸口痛，一吃他的草药就好啦。"

吴王派出特使。几天后，施老医生匆匆带了一包草药，来到馆娃宫，跨进椒花房。切脉问诊后，觉得西施并无大病，只是肝经稍郁，就开了方，交给吴王说："大王放心，娘娘不过是偶染小恙，马上就会好的。"

吴王大骂："老朽莫非想耽误娘娘的病？"

施老医生不顾西施的暗示，生气地说："娘娘是我的侄女，凭什么说我要耽误她？"

吴王勃然大怒，拔出宝剑，直向施老医生劈去。西施"啊"地惊叫一声吓昏过去。施老医生忙上前抢救。西施醒过来后，连声道："大王，杀不得！杀不得！杀了施老医生，臣妾就无救啦！"这时，外传相国伍子胥求见，吴王对西施说："放心吧，寡人就叫他守在你身边，直到病愈。"

吴王走后，西施向堂伯父讲明了装病的原因。又拿出地图，将它反摺，做成一朵白花，教他如此这般，然后亲自送他出了内苑。

施老医生手持白花，正要跨出内宫大门，伍子胥突然拦住了去路，说："娘娘的病还没有好，怎么就走？"

施老医生道："娘娘乃思念亡父，结郁成疾，现在对症下药，不出三日保能痊愈。"

伍子胥又问："手里拿的是什么？"

"娘娘做的花，叫小人带回，献于亡父坟前。"

“大王有令,凡出入内宫者,均要检查!”

西施见伍子胥要夺花,忙掀帘而出,质问道:“伍相国,难道我的东西,你也要检查?”

伍子胥只得放行。施老医生跨出内宫大门,谁知台阶未下,吴王又到。

伍子胥忙奏道:“大王,老医生说要回越国。臣认为,他应该永远留在宫中。”

吴王连说有理。

施老医生说:“娘娘乃小人侄女,我能常住在宫中,吃的山珍海味,住的琼楼玉宇,何乐而不为啊!可小人来时,没有多带当地草药,百宝箱也没带来,让小人回家一趟再来,定效犬马之劳。”吴王答应了施老医生的请求,让施老医生返回了越国。

半个月后,范蠡收到地图,立即改变作战计划,兵分两路直攻姑苏,终于首战告捷,最后灭了吴国。

叠蛋谏晋王

春秋时代,晋灵公为了个人的享乐,强迫大批百姓,耗用大量钱财,建造极其豪华的九层高台。他怕臣子们劝说阻止,就下令说:“谁敢劝阻,格杀勿论!”

有个叫荀息的大臣,很为国家担忧,他求见晋灵公。晋灵公认为荀息是来劝阻的,就举起箭,拉开弓,等着他来,只要他一开口规劝,就射死他。

荀息拜见晋灵公后,装作轻松愉快的样子,说:“大王,我是来表演一个小技艺,让您开开心的。”

晋灵公问:“什么小技艺?”

荀息说："我能把12个棋子堆起来，上面再加几个鸡蛋。""哎，这玩意儿有趣！"晋灵公一下来了劲，忙摔下弓箭，命侍从拿出棋子和鸡蛋。

荀息认真地先把10个棋子堆起来，然后又把鸡蛋一个一个地加上去。旁边观看的人，担心鸡蛋会掉下来，都紧张得屏住呼吸，瞪圆眼睛。晋灵公也惊慌急促地叫道："危险！危险！"

荀息却慢条斯理地说："这没有什么了不起的，还有比这更危险的呢！"

灵公说："真的吗？你说来听听，我也愿意见识见识。"

荀息见时机已经成熟，就不再做别的表演，立起身子，无限沉痛地说："启禀大王，请让我进几句话，臣即使死了也不后悔！为了建成九层的高台，三年没有成功，国内已经没有男人耕地、女人织布了；国家的库存已经空虚，邻近的国家将要侵犯我们。这样下去，国家总有一天要灭亡的。建造高台，就像这叠鸡蛋一样危险，请尊敬的大王三思而后行！"说着泪滴衣襟。

晋灵公见荀息说得合情合理，态度婉转诚恳，这才明白建造高台对国家有这么大的危害，叹了口气，说："我的过失竟然严重到这种程度了！"于是就下令停止建造高台。

巧降米价

令狐楚是唐朝一位有名的父母官。他为官清正廉明，爱护百姓。急百姓所急，解百姓所难，是百姓眼里的好官。

有一年，衮州发生了一场大灾，天气干旱，农田干得裂了口子，以至于这年一颗粮食也没有收到，百姓的生活陷入了困境。可是，当地的不法商贩和官府里的贪官互相勾结，将米价抬高，谋取暴利，发国难财，令当地百姓怨声载道。消息传回朝廷之后，皇帝就决定派令狐楚前去衮州平定米价。

令狐楚接到任命之后，立刻带人前去上任。他知道早一天稳定米价，百姓们的生活就早一天安宁，所以一路上令狐楚是抓紧时间赶路，没有在路上耽搁一点时间。当他赶到衮州的时候，当地的地方官员没有想到这位新上任的太守会在这么短的时间里赶到，都还没有准备好迎接仪式，新太守就已经到了衮州的州府了。令狐楚一到了衮州府大堂，就命令将所有的地方官员统统叫到了州府大堂来见面。在路上，令狐楚虽然急着赶路，可他的脑袋却一刻也没有闲着。为了稳定米价，他已经考虑了好几个方案，现在已经有了一个好办法，所以他很着急地将这些地方官员叫来，免得让其中一些与奸商勾结的贪官有时间考虑对策，影响自己稳定米价。

这些地方官员接到命令后，全部急匆匆地赶到了州府大堂，谁也不敢迟到，就怕得罪了新来的太守以后的日子会不好过。等这些地方官来到大堂之后，令狐楚笑着对他们说："真是对不起，我来得太急了，没有时间通知你们来接。现在又这么着急地将你们叫来，也是没有办法的事。皇上命令我必须在最短的时间里，将衮州的米价稳定下来，我也是不得不这样啊！还得请各位大人体谅体谅。"这些官员们见这位新太守这么客气，就赶紧说："大人是为了执行皇上的命令，我们有天大的胆子也不敢对大人不满，更不用说责备了。大人有什么话就请讲吧。"令狐楚想了一想说："我因为刚到这里，对这里的情况也不熟悉，所以我有一个问题想请教一下各位，衮州现在的米价是多少？州里朝廷的仓库有多少个？每个仓库里的粮食有多少？"大家不知道这位太守问这些的用意是什么，所以一时没有回答。令狐楚见没有人回答自己的问题，脸色一下就变了，很不高兴地说："怎么，难道你们这么多人居然没有一个可以回答这些问题吗？你们平常都在干什么？这些都是你们平常就应该清楚的，现在却没有人可以回答我吗?”大家见太守生气了，赶紧使眼色让管理仓库的官员来回答这些问题。这名官员小心翼翼地回答道:“大人，这衮州城里有官仓八个，每个仓库里有粮食十万担。”令狐楚听了点点头，然后说道:“既然现在官仓里还有八十万担粮食，那么只要我们将这些粮食全部拿出来，低价卖给当地的百姓，那么这里的紧张局面不就可以解决了吗？你们认为怎么样呢?”地方官员们听了令狐楚的话，不敢有什么反对意见，因为令狐楚可是代表皇上来这里稳定米价的，谁敢反对呀！所以都点点头，说这个办法最好，令狐楚见大家都没有意见，就接着说:“既然大家都没有意见，那么两天后就准备开仓放粮，现在就请大家回去准备准备吧。”

当这些地方官员回到自己的家中后，那些和当地奸商勾结的侍官害怕官仓打开后，老百姓都去官仓买粮，那自己囤积的粮食就没有办法卖出高价牟利了。这可怎么办？看来只能抢在官仓开仓放粮之前把自己的那些粮食全部处理掉才行，于是，这两个家伙赶紧跑到奸商那里叫他们立刻将囤积的粮食以平价卖出去。

听到这个消息，所有的奸商们都在第二天将粮食从自己的仓库里拿出来卖，生怕落后了就没有办法卖出去了。这样一来，衮州的米价一下子就降了下来。

就这样，在令狐楚的巧计下，衮州的奸商们没有捞到好处，匆匆将米价降下来，老百姓不由得拍手称快。

没成熟的茄子

明朝时候，鄞县县令李亨为人聪明机智，断案如神，而且善于仔细观察事物，常常从简单的事物中找出破案的关键。

有一次，有两个农民到县衙门来打官司。一个姓李的农民对李亨说："大人，我是本地一个专门种菜的菜农，叫李卫。因为我种的菜很好，大家都喜欢买我的菜，所以每次我的菜都卖得很快。昨天，市场上的人很想让我送一批茄子过去卖，可是因为我家里的茄子还没有长好，所以就没有答应。这事让隔壁的陈大知道了，他竟然在今天早上天还没有亮的时候，偷偷地将我家菜地里种的茄子全摘了，想运到城里市场上去卖。他在路上遇到了我家的一个亲戚，我家的亲戚到我家之后听说我家的茄子被偷了，就说在路上见到这个陈大推着一车茄子，怀疑是我家的。我听了之后就赶了上去，发现这些茄子果然是我家的，所以就找他说理。谁知这个陈大却不肯承认，说这些茄子都是他种的，他和我家是挨着的，他种没有种茄子我怎么会不知道？他明明就是偷的我家的茄子，现在却死活也不承认，请大人为我断一个公道。"

听完李卫的说辞，跪在旁边的陈大也喊冤枉说："大人，李卫的茄子被人偷了，是他自己倒霉。现在看见我的茄子就想要赖我偷了他的茄子，世上哪有这种道理？请大人明辨事非，不要轻信了这个小人的谎话。"李亨看着这两个争吵不休的菜农，一时也不知道该相信谁了。他看了看这两个都喊冤枉的人，这两人都是一脸委屈的样子，看不出什么破绽。然后李亨又走下座位来，仔细看了看被当做物证的茄子。那些茄子一个个长得都不错，就是个头太小了，像是还没有长成熟的样子。看到这里，李亨心里一动，立刻有了一个主意。

李亨不慌不忙地回到座位上，和颜悦色地问陈大："看样子你的菜种得不错呀！这些茄子能卖个好价钱吧？"陈大见这位县太爷没有审案，而是问他卖菜的情况，心里觉得奇怪，可既然县太爷问了，他也不敢不回答，于是就小心地回答道："是啊，现在买茄子的人很多，这些茄子应该能卖个好价。"李亨又问道："这茄子是长得大一些好卖呢，还是个子小一点好卖？"陈大回答道："当然是大一点好卖啦！太小的茄子味道不好，不会有人买的。”李亨听了点点头说：“哦，是这样，那茄子从刚结不久到长到可以卖的样子大概需要花多少时间呢？”陈大回答道：“也花不了多少时间，只要几天的时间就可以了。”李亨又问道：“如果想卖个好价钱，是不是可以提前将茄子摘下来卖呢？”陈大笑道：“那没必要，因为茄子长大的时间不需要太长，所以不会那么心急地摘下来卖，如果太小了反而没人买了。”听到这里，李亨突然把脸一沉，对陈大大喝一声：“好大胆的陈大，你明明就是将李卫的茄子偷摘下来了，还敢不承认，还不快点将你偷茄子的事情说一遍。”陈大一听吓一跳，叩着头说：“大人，这茄子真是我自己种的！大人一定要查清楚呀！”李亨冷笑了一声说：“刚才我已经查得清清楚楚的了，你还不承认！”陈大急着说：“大人刚才明明只是跟我聊了一会儿种菜的事，哪里有查案呢？”李亨笑道：“你刚才明明已经说了茄子要长成熟了才可以卖个好价钱，你既然是种菜的专家，怎么可能将没有长好的菜摘下来卖呢？明明是偷了李卫的菜准备去卖。你看看你偷的这些茄子，一个个都没有长好，有的还是青的。如果真是你自己的，你怎么可能不多等几天等茄子成熟了再拿去卖个好价呢？现在你还有什么话好说？”陈大这才明白刚才县太爷问了自己那么多关于种菜的问题，原来就是在套自己的话。这一下陈大没办法辩解了，只好承认了自己嫉妒邻居的菜种得好，听说茄子现在供不应求可以卖个好价钱，所以就趁李卫不注意将他的茄子偷了准备拿到市场去卖。李亨命人将陈大拖下去重打了二十大板，并罚他将李卫的损失进行十倍赔偿，陈大这才是偷鸡不成反蚀把米。

从此，李亨断案的名声就越来越大了，许多人解决不了问题时，就会主动跑到这里来请县太爷帮助，甚至连其他县城的人也有过来请他断案的。

藏杯巧除奸

何塘是明朝正德皇帝的老师，非常有学问，而且常常用开玩笑的方式给自己当皇帝的学生提一些意见和建议。因为他言语幽默，办事温和，对国家和皇帝忠心耿耿，所以深得正德皇帝的喜爱和信任。

正德皇帝是一位比较重情意的君王，因为对自己的奶娘一直充满感激，所以对跟自己一起长大的奶娘的儿子刘瑾也是特别关照，而刘瑾又非常懂得怎么样去迎合皇帝的喜好，所以正德皇帝对他就更加宠信，甚至封他做了九千岁。

刘瑾在朝廷中的地位简直就是如日中天，不可一世。按理说，这个刘瑾应该对正德皇帝十分感激，死心塌地地为正德皇帝做事了，可是刘瑾却是贪心不足，时间一久居然不满意自己只是九千岁，一心想当万万岁，于是就开始安排自己的心腹进行谋划，准备篡位当皇帝，而这一切却让何塘等一些忠心的大臣看在眼里。他们通过一些不同的渠道向皇帝暗示过，却没有引起正德皇帝一点点的怀疑，反而总是为刘瑾的行为开脱。大臣们因为没有掌握重要的证据证明刘瑾的背叛，所以非常着急，不知该怎么做才能让皇帝有所警觉。

有一次，机会终于来了，那是正德皇帝准备庆祝生日的时候，一大早，所有的王公大臣全部都穿戴整齐地来到皇宫给皇上庆生。何塘也一大早就来了。在宫门口，他正好遇见刘瑾骑马来到宫门。在刘瑾下马的那一瞬间，何塘看见刘瑾的官服里面有一件明黄色的衣服，那可是只有皇帝才能穿的颜色呀！难道这个刘瑾今天准备造反了吗？何塘心里很着急，可又怕自己看花了眼，这可不是一件小事呀，千万不能弄错。何塘立刻多了一个心眼，快步走到刘瑾身边，寻找机会证实自己刚才看见的是不是真的。就在刘瑾准备进入宫殿的时候，何塘装作不小心一下子扫到了刘瑾朝服的下摆，很清楚地看到了里面绣花的龙袍，这让何塘一下子就明白了，他决心一定要想办法让皇帝看到这一切，揭穿刘瑾的阴谋。

当大臣们正按官职的大小一一向皇帝祝寿的时候，何塘看见宫内的太监们正在摆放餐具，于是趁人不注意将一只九龙杯揣在怀里，然后不动声色地向皇帝行礼祝寿。大臣们祝完寿之后，各自坐回了自己的座位，寿筵就要开始了。这时，太监发现少了一只酒杯，赶紧去找，而何塘趁机大声说道："刚才明明就放在桌上的，怎么会少了呢？一定是有人偷偷藏起来了，快点交出来，否则就要搜身了。"大臣们没有想到会出这样的事，一时不知该说什么好了，而刘瑾因为心里有鬼，怕待会儿搜身会露出马脚，所以不主张搜身，笑着说："不就是一只酒杯吗？有什么了不起的，再拿一个来就行了。"可何塘却认真地对正德皇帝说："这大喜之日出现偷东西的事可不是什么好事，皇上还是搜一搜吧。在大殿上的人都应该搜，就从皇上开始如何？"正德皇帝正想说什么，可看见自己的老师对自己使眼色，就没有说什么，他知道老师喜欢开玩笑，以为是老师又要捉弄什么人，于是很配合地说："好吧，就从我开始吧。"说完就解开衣服让大家看，杯子当然不在皇帝那里，然后何塘问："皇上已经搜过了，现在该搜谁了呢？"大臣们一起嚷着："九千岁，九千岁！"刘瑾赶紧拉住自己的衣服说："不是我，不是我！"何塘笑道："怎么，九千岁不让搜？是不是杯子在你的怀里呀？皇上都让搜了，九千岁不让吗？"刘瑾没有办法，只好解开衣服，于是里面穿着的那件龙袍一下子就呈现在大家的面前了。大臣们当时一下子就愣在那里了。刘瑾见自己的事情已经暴露了，于是就横下心来，一把将藏在短靴里的短剑抽了出来，然后就向正德皇帝扑了过去，当时所有的人都没有反应过来。正德皇帝见自己平时最宠信的人居然拿着剑向自己扑过来，吓坏了，只有何塘有所准备，见刘瑾扑向皇上就飞起一脚，踢向刘瑾的手腕，一下子就将短剑给踢飞了，并大声喝道："快来人，抓刺客！"宫殿外的卫士立刻冲了进来，这时正德皇帝终于缓过劲来了，一个劲地说："打死他，快打死他！"御林军将刘瑾按在地上，一阵乱棍将这个想当万万岁的奸臣给打死了。

这时，何塘才从自己的怀里将九龙杯拿了出来，对正德皇帝说："皇上，我将杯子藏起来就是为了将刘瑾这个奸臣揪出来，害皇上受惊了，请皇上处罚我吧。"正德皇帝接过杯子对自己的老师说："今天幸亏有老师在，才能揪出这个大奸臣。以前老师劝过我好几次，我都没有听，才会造成今天这种后果。老师今天藏杯不但没有错，反而有功，我一定会好好奖赏老师。"

一场即将发生的宫廷政变就在何塘的机智下化为乌有，奸臣得到了应有的下场，明朝的江山也因此而保存了下来。

弦高智退秦师

公元前627年，春秋诸侯国中的郑国国君文公去世了，举国哀丧。穆公刚刚继位。

这一年冬天特别冷，二月里北风刺骨，寒气袭人。郑国商人弦高赶着12头肥牛缓缓走在通往洛阳的大路上，一边走一边算计着：快春耕了，牲口一定特别抢手，再说天这样冷，大家也会想吃点牛肉御寒，所以这12头牛肯定能卖个好价钱。等拿到了钱，我就……

还没等他盘算好，迎面就见一个人慌慌张张地跑过来。等跑近一看，原来是相熟的一个贩布同乡。那同乡一见弦高，一边抹着额上的汗水，一边气喘吁吁地说：

"弦高，大事不好啦！秦国派兵攻打咱们来啦！我亲眼看见秦国大将孟明视率300辆兵车浩浩荡荡向这里急行军，真吓死人啦！我连布都不要了，回去带上老婆儿子到别国躲躲。你也别卖牛了，快回去准备一下吧！”说完，转眼跑得无影无踪了。

弦高也大吃一惊，心想：“文公刚刚去世，丧事才办完，新国君也才继位，哪有心情准备防御敌人偷袭呢？该死的秦国，太狡猾了，竟趁人家国难时派兵进攻，不行，我不能让他们阴谋得逞。”可转念一想：“兵贵神速，秦军为了这次偷袭一定做了相当充分的准备。我现在赶回去送信，恐怕话还没说完敌人就到跟前了，想准备抵抗也来不及了！这可如何是好？”

就在此时忽听“哞”的一声牛叫，弦高扭头一看，不由计上心来，“有了！就这么办。”

再说秦国大将孟明视指挥着300辆战车日夜兼程，企图突然发动攻击，攻下郑国。只见他端坐在高头大马上，威风凛凛地下达命令：“全军听令，全速前进，不得停顿。攻下郑国，人人论功行赏；贻误战机，杀无赦！”

雄雄铁骑卷起滚滚尘烟迅速向前奔腾，转眼就到了郑国边邻的滑国地界，却见到前队先锋派人来报：“郑国使者路旁相迎，前来奉旨犒军。”

孟明视闻报一愣，心中琢磨：郑国怎么会这么快知道消息，难道其中有诈？于是他下令全军不得扎营，就在队列中接见郑国使者。

原来这个郑国使者就是弦高，他急匆匆改道来到这里，赶着牛，买了酒，假称是奉郑国国君命令前来犒劳秦军。一见孟明视，他镇定自若地先施一礼，然后清清嗓音说明奉旨犒军来意，同时假装十分热切地说：“这只是国君的一点小心意，算不得什么！等将军到了敝国，我们国君亲自要为您接风敬酒，还要大宴三军将士。”

孟明视仔细地观察着弦高，见他彬彬有礼，气度轩昂，没有一丝惊慌之色，不由泄了气，心想：看样子郑国早就有了准备，居然跑这么远来警告我一声，而我军连日急行军，又累又困，以劳待逸，非战败不可。于是他假意说："哪有此事？我们根本不打算去贵国。"

"那怎么行！"弦高装出一脸急切的样子，"我们郑国大将军率全军正在前面国界上等着欢迎您呢！您可不能不去啊！"

一听这话，孟明视越发相信郑国军队已做好了战斗准备，决定马上收兵撤退。可他又十分好面子，只好装模作样凑近弦高耳边故作机密地说："不瞒您，我们此行是要攻打滑国的。"

弦高离开秦军队伍后，急忙火速赶回郑国，把情况报告给国君，集合军队做好一切战斗准备。而孟明视根本没料到这个郑国使者是冒牌的，只好灭了滑国后垂头丧气地领兵回国了。

郑国百姓躲过了一场可怕的灾难，无不奔走相告，称赞弦高是一个机智爱国、见义勇为的大英雄。

智劝魏王

在我国春秋战国时期出现了许多充满智慧的人物，他们常常能在别人无法解决一些难题的时候，表现出他们过人的聪明才智，将一个个难题轻松地解决掉，季梁就是其中的一位。他是战国时期魏国的大臣，一向以足谋多智、见多识广、善于解决难题而出名。

有一次，魏王决定出兵去攻打赵国，这让魏国的大臣们很不安。因为魏国现在正是养精蓄锐的关键时候，不适于攻打目前比较强大的赵国，这样打起来的后果就是不仅会破坏了魏国好不容易才建立起来的威望，还会失去百姓的拥护。可是，魏王却一意孤行，听不进大臣们的劝谏。因此大家非常着急，而这时，季梁却又在外办事，根本不知道这个消息。于是，大臣们就派人火速赶到季梁那里，将魏王这个决定告诉了季梁，希望他能尽快赶回来劝阻魏王。

当季梁得到这个消息之后，也觉得魏王这个决定十分不理智，于是他快马加鞭地朝京城赶。还没有顾得上喘口气，他又急匆匆地来到了王宫。当魏王看到满头大汗的季梁跑进王宫时，很诧异地问道："你在外面遇到什么事情了吗？为什么跑得这么着急？"季梁给魏王跪下叩了一个头，喘了喘气，说道："大王，我在回来的路上遇到了一个奇怪的人，所以想快点让大王知道。"魏王这几天为了出兵攻打赵国的事情，跟大臣们辩论得头都晕了，以为季梁也是要和自己说这件事情，心里本来有些不高兴，现在听说是想跟自己谈一个奇怪的人，于是有了兴趣，好奇地问："是一个什么样的人？他有什么奇怪的地方？"季梁回答道："大王，是这样的。我在回来的路上遇见了一个正赶车向北方走的人，我问他要去哪里，他说要去楚国。我就告诉他说，他走错路了，因为楚国在南方，而他现在却是在往北方走，可这个人却说，没关系，他的马跑得很快的。我告诉他这不是马跑得快不快的问题，而是方向问题，他的方向都错了，马跑得再快也没有用，可他却说不用我担心，他有的是钱，而且他的马车夫也是一个很有驾车经验的人，所以根本不需要担心到不了楚国，任凭我再怎么劝，他也不听，还是坚持朝着北方赶路，真是可惜了他的那匹好马和那辆好车呀！大王认为这个人怪不怪呢？"魏王听了点点头说："的确是一个怪人哪。"季梁见魏王的脸色已经缓和了许多，不再像刚见面时那么难看了，于是就抓住机会说："大王觉得自己和这个怪人是不是有些相似呢？"魏王听了很纳闷地看着季梁说："你为什么认为我和这个怪人有些相似呢？难道我做了什么让人觉得奇怪的事情吗？"季梁立刻接过话说道："是啊，大王现在要做的事情就和这个人很相似嘛！大王，您现在想去攻打赵国，是因为现在魏国已经变得比较强大了，我们的国土面积扩大了，军队的装备也提高了，百姓的生活也好起来了，于是您想通过战争让魏国夺得更多的土地，可这样一来，您一定会遭到天下人的反对，而且这样无缘无故地发动战争，也一定会引起赵国人民的强烈不满，而这些绝对会影响您成就霸业的愿望。您这样做不就和那个怪人一样，犯了同样的错误吗？发动一场得不到人心的战争，只会让您离自己的理想越来越远，请大王再考虑考虑出兵的事情吧。"

魏王听了季梁这一番合情合理的劝告之后，没有像与其他大臣那样起争执，而是静下心来仔细想了想，最后他看着季梁说道："先生的意思我明白了，好吧，我决定取消攻打赵国的计划，请大家放心吧。"

晋文公论功

春秋时，晋国的晋文公率领军队，将与楚国在城濮交战。晋文公看到楚军兵多将广，实力比自己强大，不知该采用什么对策，便问大臣咎犯："楚国兵多，我们兵少，怎样才能以少胜多呢？"

咎犯想了想，回答道："我听说讲究礼节的人，不怕繁文缛节；善于打仗的人，不厌欺诈，您就用欺诈的计谋吧。"

晋文公听了，还是拿不定主意，就把咎犯的话告诉了大臣雍季，征询他的意见。

雍季虽然同意咎犯的说法，却有自己深入的见解。他告诫晋文公说："把池塘的水抽干了来捕鱼，怎么会捕不到鱼呢？不过来年就没鱼可捕了。把山上的树木烧光了来捉野兽，怎么会捉不到呢？但来年就没有野兽可捉了。现在用欺诈的办法当然可行，但以后就没法再用了。这终究不是长久之计。"

晋文公想来想去，觉得还是取得眼前的胜利比较重要，所以他最终采用了咎犯的建议，用欺诈的计策在城濮打败了楚军。

晋军大获全胜，举国上下一片欢腾。晋文公举行仪式庆功封赏。

大家都认为这次胜利最大的功臣是咎犯，他一定会得到最高的赏赐。谁知，晋文公优先奖赏的却是雍季。

左右大臣都觉得这不合情理，纷纷讲谏说："城濮之战的胜利，归功于咎犯的计谋。现在封赏却没有先赏赐他，而是赏赐了没有什么功劳的雍季，这样似乎不合理呀。"

看到大家的情绪有点儿激动，晋文公耐心地解释道："雍季的话虽然对这次战争没有什么作用，但他讲的是治国的根本道理，对于国家世世代代都很有用。咎犯的计策当然很有效，却只是对眼前一时的战事有帮助，而对国家的长远利益并没有好处。你们想想看，哪有让一时的功劳优先于百世之利的道理呢？"

大臣们这才明白晋文公的用意，纷纷称颂晋文公的远见卓识。

骗子受骗

慕容彦是五代时期后汉的郓州主帅，他不仅英勇善战，而且机智过人，捉拿盗贼的本领也十分厉害。

有一次，郓州城里最大的当铺来了一位气质不凡的年轻人。他的穿着很华丽，看上去好像很有钱。进了当铺之后，他从包裹里取出了两锭明晃晃的银子交到当铺的柜面上问道："我现在急需用现钱，这两锭银子太大，可不可以当在你们这里，过几天我再来取？"当铺的小伙计伸手拿起这两锭银子在手里掂了掂，心想，好重啊，起码可以当十万钱呢！这么大的一笔交易，小伙计不敢自己做主，赶紧将老板叫了出来。当铺老板出来之后，问清楚了情况，又看了看那两锭银子和那个年轻人，没有看出有什么不对的地方，就吩咐伙计将这两锭银子收了起来，再取了十万钱给这个年轻人，并且写下了当票：收银锭两个，值二十万钱，当十万钱，十天之后赎回。当票开好之后，年轻人和当铺各拿了一份，年轻人将十万钱用包裹包好背上，对当铺老板说了声“谢谢”就离开了。

年轻人走了之后，当铺老板非常高兴，认为今天这笔生意做得不错，马上回到后院将这件事告诉了自己的妻子。老板娘听说之后也很开心，就要到店里看看那两锭银子。老板说：“你又不是没有见过，有什么好看的？”老板娘笑着说：“可不是每天都有这样大的银子收进来的，我看看也不行吗？”老板连忙说：“当然行，有什么不可以的。”于是老板陪着老板娘来到前面店面，让小伙计将那两锭银子拿给妻子看。就在老板娘将银锭拿在手里看的时候，一不小心，其中一锭银子从手里滑了出来，掉在了地上。老板埋怨着说：“你看你，怎么不小心一点？碰掉一块就麻烦了。”说完就从地上将银锭捡了起来。这一捡把老板吓坏了，只见那锭银子表面被碰掉了一大块，里面却是黑乎乎的，根本就不是银子。老板知道自己上当了，立刻跑到衙门去报案，说自己被人诈骗了十万钱。

慕容彦听完了当铺老板的叙述之后，觉得这事有点难办。因为那个年轻人大家都不认识，听老板说好像是外地口音，不是本地人，而且这些骗子行骗成功之后，一定会马上离开这个地方，根本不会多停留一分钟。现在离那个骗子行骗已经过了两个时辰了，而且天也快黑了，就算派人在城里搜也不一定搜得出来，必须想一个办法，让那个骗子自投罗网，否则是大海捞针，根本不知道要在哪去找。但有什么办法可以让那个骗子来自投罗网呢？慕容彦想了一会儿之后，对当铺老板悄悄地说了一番话，就让他回家去了。

第二天一早，当铺老板就到衙门来报案，说是自己的当铺昨晚被偷了，损失惨重，请慕容彦派人捉拿盗贼，追回自己被偷的东西。于是，郓州城里立刻在大街小巷贴满了告示，说是当铺被偷，损失了一批值钱的抵押品，希望所有的人都能协助官府，发现有可疑的人即刻报告，为官府破案提供线索。这件事一下子就传遍了郓州城，而且很快地传到了邻近的城市，大家都在谈论这件事，纷纷猜测到底是谁偷了当铺的东西。

过了两天，当银锭的年轻人出现在当铺，声称要赎回自己前几天抵押的银锭。当铺老板和伙计见这个年轻人终于出现了，心里可高兴了，趁他没有防备的时候，一拥而上，将这个年轻人给按倒在地，埋伏在店里面的衙役也冲了出来，将这个骗子给抓住押到了慕容彦的大堂上。年轻人这才知道自己上了慕容彦的当，只好将自己的犯罪事实老老实实地交代了。

慕容彦利用这个骗子贪财的弱点，让当铺老板假装东西被偷，并且贴出告示让所有的人都知道这件事，也让骗子知道了这事，让他以为当铺被偷之后，自己的那两锭假银子一定也没有了，自己手里有当铺的票，只要自己拿当票去要东西，而当铺又拿不出来时，自己就可以再敲当铺一笔钱。这个贪心的骗子本来已经离开郓州城了，结果却因为贪心不足而自投罗网，被慕容彦给捉住，只有认罪伏法了。

计擒鳌拜

康熙八岁登基，身边有鳌拜、索尼、遏必隆、苏克萨哈四个辅政大臣，可是在朝廷内鳌拜专权，今日杀文，明日杀武，吓得索尼告老还乡。遏必隆胆小怕事，俯首听令。四个辅政大臣中，只有苏克萨哈是个大大的忠臣，见鳌拜专横独断，欺侮皇上，常常据理力争，被鳌拜视为眼中钉，肉中刺，发誓要杀死苏克萨哈，再谋皇位。

苏克萨哈是正白旗人，鳌拜心生一计，传令要蓟州、遵化的正白旗人迁走，把驻地让给镶黄旗。这个蛮横无理的命令，自然遭到苏克萨哈的反对，双方争执不下。

康熙命大学士苏纳海、直隶总督朱昌祚、巡抚王登联前去蓟州，遵化实地勘察。三位大人坚持正义，反对强夺白旗驻地。鳌拜恼羞成怒，竟假传圣旨，擅自杀了三位忠臣及其家人百余口。临行刑时，哭声震地，怒气冲天，市民百姓，都垂泪不止。

这一日，康熙早朝，鳌拜大摇大摆上了金殿，傲慢地对小皇上说："启禀万岁，苏纳海违背圣命，拨地迟误，并勾结朱昌祚、王登联妄奏欺君，均已被臣逮捕处死！"

鳌拜一言方出，满朝文武都为之震惊。心想：好个先斩后奏，杀了三家大臣，这简直是要谋反嘛！完了，大清朝就要完了！

再看康熙，坐在那儿，脸色不红不白的，一声不吭地在玩自己的小拳头！鳌拜见了，差点没乐出声来。心想：不怪算命的说我有九五尊位之份，小玄烨如此无知昏庸，这金銮殿岂不是很快就要倒给我了么？

想到这里，鳌拜得意忘形地腆起个大肚子，眼现凶光，扫视文武百官，又转过身来对康熙说："万岁，臣还有本奏，苏克萨哈久怀奸心，蓄谋篡权夺位，暗中勾结苏纳海、朱昌祚、王登联等，欺君主上，故臣已将其逮捕归案，欲车裂杀之，特奏明皇上！"

一听要杀苏克萨哈，小康熙坐不住了，死的三个是救不活了，忍就忍了吧，这笔账先记着，早晚得算！可活着的苏克萨哈是大忠臣，说啥也不能再让他给杀了！康熙小手一摆说："杀不得，杀不得！"

"杀得，杀得的！"

"不能杀，就是不能杀！"

鳌拜见小皇上梗着脖子，就是不允，可真急了！他三步两步冲到殿上，一把抓住小康熙的龙袍，怒目圆睁，大声喝道："我说杀得就杀得，你小小年纪知道什么！"

说完，鳌拜竟扬长而去，一回府衙，就立即传令将苏克萨哈绞死了。

康熙知道后，气得两眼冒火，银牙咬碎，闷坐后宫，一个劲儿地琢磨着，用什么办法才能除掉这个害国害民的大坏蛋！

康熙正在发愁，他的小老姑来了。这位小老姑是皇太极的老丫头，顺治爷的小老妹儿，只比康熙大三岁。她生性聪敏，才识过人，惯会骑射，武艺超群，康熙最佩服她，从小就爱和这位小老姑在一起玩，彼此十分亲近。

小老姑见康熙愁得头不抬，眼不睁的，心疼地说："看把你愁的，不就是为了那个专门会吹胡子瞪眼睛的鳌拜老头子想不开吗？这点小事好办，听老姑我的，打明个，把他抓起来杀了，不结了吗？"

"咳，你说得倒容易，他爪牙死党很多，要是传旨抓他，还不立刻就得反了呀！"

小老姑把嘴一撇，说："杀这么个糟老头子，还用得着大喊大叫，大吵大闹的吗？你顺着我的手往窗外看，外面那不是就有杀鳌拜的刀吗？"

康熙听了半信半疑，连忙向窗外一看，原来，窗外有十几个舞枪弄棒的小太监，正在操练武艺。他恍然大悟，小手一拍，又蹦又跳地说："好刀，好刀，鳌拜死定了！"

原来，皇宫里养了十几个没上学、不识字的小太监习武，保护皇上，是打明朝留下的规矩。窗外这十几个小太监，个个武艺高强，每天和康熙一起练拳，一起游戏。康熙待他们情同骨肉，他们也都愿为康熙赴汤蹈火，在所不辞。

第二天，康熙传旨，召鳌拜入宫下棋。鳌拜自从杀了苏克萨哈，见康熙不但无所表示，而且还亲自邀自己入宫下棋，更不把他看在眼里。他毫无戒备，连侍从也没带，就直奔后宫。后宫门前，小康熙正和一帮小太监玩耍。他看见鳌拜远远走来，就和小太监们说："今天，我领你们玩一个抓人游戏。一会那个老鳌拜到此，我一声令下，你们就拉胳膊拽腿地一上，把他捆倒在地，游戏就算玩完，我重重有赏！"

十几个小太监，个个都是好热闹的，一听这个游戏新鲜，乐的没法儿。等鳌拜一到跟前，他们一哄声地蜂拥而上，不等康熙下令，就嘻嘻哈哈地将鳌拜捆起来，撩倒在地上了。

鳌拜还当小太监跟他捣乱玩儿呢，一个劲儿地高声叫唤："别闹，别闹！"

康熙这才厉声正色说道："鳌拜，你死到临头，还不明白吗？"这时，鳌拜才知自己中计了，刚要放声喊叫救命，康熙的小老姑从旁边闪了出来，手起刀落，结果了老鳌拜的性命！

康熙设计除了鳌拜，又命索额图率侍卫军捉拿鳌拜的家人和死党，开列鳌拜罪状，晓谕朝野，百官无不镇服。这一年，康熙才十六岁。

巧泄洪

侯叔献是宋神宗时期负责水利的朝廷官员，他善于利用大自然的力量来改善人们的生活环境。

有一年，侯叔献带着民工在河南商丘县境内挖开了汴河河堤，让淤积在汴河河道里的那些淤泥随着流出的河水灌满了原先比较贫瘠的田地，使那些几乎荒废了的农田变成了适宜种植的良田。

可是，随着洪水季节的来临，汴河河水猛涨，而且这一年的洪水来得特别的大，特别的猛，新筑的堤坝根本就挡不住汹涌咆哮的洪水，很快洪水就冲开了大坝，汴河堤坝崩溃了，洪水开始肆无忌惮地朝着村庄冲去。大家被这突如其来的巨大灾害给吓坏了，老百姓拖儿带女地四处逃奔。这时，有人将汴河决口的责任算到侯叔献头上，认为如果侯叔献不将汴河的淤泥引入农田，就不会破坏原来的堤坝，今天也就不会有汴河决口的事情发生。情绪激动的人们将侯叔献团团围了起来，要他给大家一个说法。侯叔献望着大家愤慨的脸庞，大声地说："现在想要硬将堤坝堵上已经不可能了，只有将缺口再开大一些才行。"大伙儿听了愤怒地说："难道你想让我们全部被淹死吗？现在这个样子已经让大家束手无策了，如果堤坝再开大，大家就全没命了！"侯叔献大声地说："错，现在洪水已经没有办法堵了，只有找个地方泄掉一部分洪水的压力，让洪水的水势减缓之后，才能有机会修复决口的地方。"大家听了侯叔献的话，觉得有些道理。侯叔献接着说："现在在离县城几十里以外的汴河上游，有一座已经废弃不用的古城。虽然里面的房屋已经坍塌了不少，但古城坚固的城墙还可以将洪水挡住一段时间。现在马上就跟我去上游古城，让洪水进到古城里面。减缓水势之后，下游就马上抓紧时间修复大坝。这样才能保住大家，保住商丘。"听了侯叔献的话，大家开始犹豫起来，不知道该不该听他的。侯叔献见状立刻说："没有时间了，想要活命的就跟我去上游！"说完带头朝上游的古城奔去。大伙见侯叔献已经行动了，也就没有再犹豫，立刻跟在他的后面朝上游跑去。

到了古城附近的汴河河岸，民工们在侯叔献的指挥下，迅速将河坝挖开，汹涌的洪水立刻转向了古城，浩浩荡荡地冲进了古城。这时下游的水势明显地减缓了，侯叔献又马不停蹄地带领着民工们开始修复决口的堤坝。在大家的共同努力下，决口的堤坝终于修好了，其他地方也都得到了加固。当上游的古城蓄满水之后，水流又开始加速了。由于堤坝已经修复，所以当洪水再次来到商丘这个城市的时候，已经没有办法再冲击县城了，乖乖地沿着河道的方向往下游奔去。百姓的家园和农田终于保住了，堤坝上一片欢声雷动。大家纷纷赞扬侯叔献面对洪水时所表现出来的勇气和他高明的泄洪方式，而那些当初指责侯叔献的人现在红着脸向他表示歉意。侯叔献笑着摆摆手说："没关系，我理解大家当时的心情，我是不会责怪你们的，只要大家都平安无事就好了。"

经过侯叔献的精心治理,这场特大的洪水并没有对商丘地区造成什么大的危害。等到洪水退去之后,留在农田的厚厚的淤泥又让许多荒地变成了良田。大家对侯叔献面对危险时的表现都非常钦佩。朝廷了解情况之后,也对侯叔献进行了奖赏。那些民工们对侯叔献更是佩服得五体投地,从此对他的指挥再也没有怀疑过,总是积极主动地配合侯叔献的各种方案,从此汴河再也没有发生过洪灾。

巧救私盐贩

郑板桥是清朝时期著名的诗人、书法家、画家,尤其是他画的竹子更被称为一绝,是清朝著名的扬州八怪之一。他不仅为人豪放,不拘小节,而且机智多谋,关心百姓的疾苦,是一位爱护百姓的好官。

有一次,郑板桥在山东范县当县令的时候,一个当地有名的大盐商抓获了一个违法贩私盐的人。这名盐商将这个贩私盐的人抓到县衙门,要求县令对这个私盐贩进行严惩。按照清朝的法律,贩私盐是一种非常重的罪,轻一点的会判入狱,关个三年五年的,重一点的还会被杀头,所以只有一些为了钱不要命的亡命之徒才会去冒这个险。郑板桥看着那个被抓的私盐贩子一脸忠厚的样子,穿着很破烂,面黄肌瘦,根本不像是一个贩私盐的,倒像是一个本本分分种地的农民,就觉得很蹊跷,于是就和颜悦色地问那个私盐贩子:“你明知道贩私盐是违法的,为什么还要去做呢?”那个被抓的私盐贩子说:“大人,我实在是没有办法了,才走的这一步。以前我从来就没有做过一件违法的事,因为我母亲生病在床,没有钱治病,我实在不知道该怎么办才好,所以才去偷偷卖盐,想换点钱给母亲治病。”郑板桥点了点头,又问道:“你贩了几次盐了?一共贩了多少斤?”那个私盐贩子说:“今天是头一次,一共二十斤。"郑板桥看那个私盐贩子一脸害怕的样子，就知道他说的是真话，于是就想将这件事放过，可是还没等郑板桥说话，那个盐商鲁老板却在旁边叩了个头说："大人，虽然这人是第一次贩盐，而且数量也不多，但是，如果大人不从重处理的话，以后就会有其他人跟着学，所以大人今天一定要从重处理这个私盐贩子。"郑板桥知道这个鲁老板虽然很有钱，但却不是一个善良的人，平时没有理的时候也要讲三分歪理，现在他有理就更不可能轻易放过了，这可不好办。郑板桥想了一想，有了一个好办法，他对鲁老板说："你看这样好不好？这个贩私盐的如果只是打四十大板的话，没有什么警告的作用，不如让他戴上枷去你店门口示众，这样才能警告那些想跟着学的人，你说好不好？"鲁老板高兴地说："好好好，如果大人这样处理的话，那些想贩私盐的人一定不敢跟着学了。"

这时，郑板桥叫手下找来了一张很大的芦席，在上面挖了一个洞，叫那个私盐贩子套在脖子上，接着又让人拿来了一张纸、一支笔。只见郑板桥在纸上用笔"刷刷刷"地画了一幅竹子图出来，然后就贴在那个枷上，让手下人将贩私盐的带到鲁老板的盐铺去示众。这一下可热闹了，范县的百姓都跑到鲁老板那里去看，当然不是去看示众的私盐贩子，而是去看郑板桥的画。由于看的人实在太多了，把鲁老板的店门都给堵上了，鲁老板怎么赶都没有办法把人群赶开，而那些想来买盐的人看见这里的人实在太多，只好到别的铺子去买了，而且还有人说鲁老板为人太小气了，那人不过是为了给自己的母亲治病，偷卖了几斤盐而已，何必这么小题大做嘛。鲁老板不但生意受到了损失，而且还被人责备，心里实在是很郁闷。

就这样连着过了三天，鲁老板实在招架不住了，他跑到衙门里找郑板桥，还没等他开口，郑板桥就笑问道："怎么样，鲁老板？这几天的示众效果还可以吧？"鲁老板苦着脸说："好好，只是大人，不知道你能不能让那个人换个地方示众呢？"郑板桥严肃地说："这可不行，令出如山,怎么可以随随便便更改呢?”鲁老板见郑板桥不肯改地方,只好吞吞吐吐地说:“那,那,可不可以将那个人放了呢?毕竟他是第一次犯错,而且数量也少,不如给他一个改错的机会吧。”郑板桥看着鲁老板,故意考虑了一下说:“好吧,既然是鲁老板亲自为他求情,我就给鲁老板一个面子,放了这个人吧。”于是,郑板桥命令手下将那个私盐贩子放了,并把自己的画也送给了他。

当那个私盐贩子将郑板桥的画卖了以后,得了一大笔钱。他拿着这笔钱请了大夫治好了母亲的病,并将剩下的钱拿来做本钱,开始做起了小生意。每次提起郑板桥,母子两人都充满了感激之情,如果没有郑板桥怎么会有他们的今天呢?

黑棉被

赵鹏翔是清朝光绪年间的湖北薪水县的县太爷。他为官清正,秉公执法,聪明过人,常常为无辜的人伸张正义,是百姓们公认的清官。

有一次,刚上任不久的赵鹏翔正在街上慢慢走着视察民情,突然前面传来了一阵嘈杂的吵闹声,赵鹏翔就走过去看一看到底发生了什么事。只见人群中间站着两个人,一个是瞎子,一个是短工模样的人。他们的手里扯着一床棉被,正闹得不可开交。围观的人们看见本县的县太爷来了,就赶紧给赵鹏翔让了一条路出来。这时,围观的人说:“县太爷来了,你们可以请他给你们断一个公道嘛。”那两个正在争执的人听说是县太爷来了,就一起跪了下来。赵鹏翔问他们:“你们两人在这大街之上争吵什么?有什么事情需要本县令为你们处理吗?”这时两个人都争着要说,一时间吵得赵鹏翔根本听不清楚他们在说什么，于是，赵鹏翔说："你们一个一个地说，否则我根本就听不清楚你们在说什么。这样吧，就让这个盲人先说吧。"那个瞎子一听赶紧说："谢谢大人。大人，我是一个可怜的瞎子，常常被别人欺负，今天这个人想要抢我的棉被，我不肯，他就在大街上和我争吵起来，请大人为我做主。"赵鹏翔问："你说这被子是你的，有什么证据吗？"那瞎子回答："当然有，这是我妈妈给我做的被子，因为怕被别人拿走，就在被子上作了记号，那就是在被子的四个角都放了一枚铜钱，不信，请大人将被子拆开一看就清楚了。"于是赵鹏翔就命令人将被子给拆开了，拆开后一看果然在被子的四个角都有一枚铜钱。围观的人们见了就纷纷指责短工模样的人太不像话了，好手好脚地居然想抢一个瞎子的东西，那个短工模样的人急得直跺脚。他又急又气地说："他胡说，大人。昨天晚上我因为要赶路，没有找到旅店休息，只好在一座破庙里睡觉。我见这个瞎子冷得可怜，就好心让他和我盖一床被子。也不知道他做了什么手脚，居然说这被子是他的。现在我是有口难辩，有理说不清了。我也不知道怎么办才好，只有请大人帮我主持公道了。"说完竟流下了眼泪来。

赵鹏翔见那个瞎子说得有根有据，那个短工也讲得有板有眼，一时也不知道该怎么来判这个案子了。望着那大红被面的被子，赵鹏翔想了一会儿之后，突然大声说："这么黑的被子你们还在这里争什么争，还不如扔了好！"那个瞎子赶紧说："大人，不能扔，这可是我妈妈花了五个大钱请专门的染布工人来染的，怎么可能不黑呢？我妈说黑的才不容易弄脏，免得我看不见洗起来不方便。"大家听瞎子这么一说，都忍不住"哄"的一声笑了起来，赵鹏翔也笑着对瞎子说："你这个可恶的瞎子，别人好心好意让你盖被子，你却想将别人的东西据为己有，你自己说该怎么处罚你？还不赶紧把实情说出来，否则要你好看！"那瞎子还不知道是怎么回事，还在那里强辩道："大人，这被子明明就是我的，为什么说我说谎？"赵鹏翔笑道："你叫这儿的百姓们说说这被子到底是什么颜色的?”围观的人大声说道:“是红色的!”瞎子一听只好哑口无言地低下了头,并如实交代了自己为了强占这床被子就在晚上悄悄地在被子里放铜钱的事实。

赵鹏翔用一个非常巧妙的方法,一下子就将事情的真假给辨别了出来。大家都说赵鹏翔的确是一名非常有智慧的县太爷,他的故事更是在当地无人不知、无人不晓。

原来是聋子

刘伯温是明朝开国皇帝朱元璋最重要的一位大臣,他聪明机智,足智多谋,为朱元璋打下江山立下了汗马功劳,而且刘伯温为人温和亲近,宽厚大度,是一位难得的职位和人品都高的人物。

有一次,朱元璋下令修建了一座新的宫殿。在这座新的宫殿即将竣工的时候,朱元璋非常想看看这座新宫殿,于是就一个人偷偷地来到了这宫殿内。看着金碧辉煌、雕梁画栋的新宫殿,朱元璋忍不住“哈哈哈”地大笑了起来,就在朱元璋得意忘形的时候,突然从宫殿的主梁上传来了一阵咳嗽的声音,朱元璋被吓了一跳,赶紧抬头往上看,正好看见一名工匠正在自己头上的主梁上雕画。朱元璋万万没有想到这个宫殿里居然还有人,而自己刚才忘形的笑声一定被这个工匠听见了。如果这件事情传了出去,自己这个皇帝的脸面就丢尽了。想到这里,朱元璋心里就动了想杀了这个工匠灭口的念头,可当时他还不能动手,否则就会让人产生怀疑,于是,朱元璋满面怒气地离开了新宫殿。

当朱元璋离开宫殿之后,这名工匠却被吓得不得了。看着当朝的皇帝怒气冲冲地离开。工匠就知道自己大祸临头了,刚才皇帝一定知道自己听见了他的狂笑声,怕自己传扬出去扫了皇帝的威严,所以皇帝一定想要杀了自己灭口，该怎么办呀？就在这名工匠急得团团转的时候，他突然看见刘伯温从宫殿门口经过，这名工匠立刻跑上前去拦住了刘伯温的去路，跪在地上叩着头说："大人，请您救救我！"刘伯温愣了一下，赶紧扶这名工匠起来说："有话好好说，你有什么事需要我帮助，请尽管说，只要我能做到就一定会帮你的。"这名工匠就把刚才发生的事情向刘伯温讲了一遍。刘伯温听了之后也觉得这事非同小可，这名工匠一定会被朱元璋给杀掉的，自己必须帮这名工匠想想办法才行，可是要怎样才能让朱元璋打消这个念头呢？不能直接去劝谏这位疑心很重的皇帝，否则很有可能救不了工匠，还会给自己带来很大的灾难，刘伯温又问了一遍当时的情况。当听到这名工匠说当时自己没有和皇帝对上眼，皇帝只是怀疑自己听见了他的笑声时，刘伯温立刻想到了一个好主意，他教这名工匠明天继续像今天这样在宫殿里工作，然后自己会将皇帝带到宫殿来，那时，工匠就又咳嗽几声引起皇帝的注意，却一定要装成又聋又哑的样子，这样才能救他一命。工匠听了刘伯温的话之后，连连点头，他知道刘伯温是当今天下最聪明的人，他想的办法一定可以救自己。

到了第二天，刘伯温装作不知道朱元璋已经去过新宫殿的样子。他告诉朱元璋说："皇上，新宫殿已经快要完工了。今天我想请皇上一起去新宫殿看看，如果有什么不满意的地方，趁现在还可以修正一下。"朱元璋听刘伯温这么一说，不好反对只好跟着去了。当君臣两人走进新宫殿的时候，刘伯温故意指着宫殿内的各种装饰一一评论着，就在这个时候，从他们的头顶又传来了一阵咳嗽的声音。朱元璋一看，又是昨天的那个工匠，心里很不高兴。这时刘伯温大声喊道："你是什么人？看见皇上来了还不下来迎接。"可是喊了几声，那名工匠仍然对他们不理不睬的，就像是完全听不见的样子。后来刘伯温又使劲地叫了两声之后，那名工匠似乎才听见，只见他指手画脚地"咿咿哑哑"了一番。刘伯温见了转头笑着对朱元璋说："皇上，原来是一个哑巴，看样子他是又聋又哑,听不见我的话。”朱元璋见那工匠原来又聋又哑,一下子就放心了。既然这样,那昨天自己的失态这个聋子也是没有听见,更不可能说出去了。于是,朱元璋打消了准备杀工匠灭口的想法,放松心情跟着刘伯温在新宫殿里到处观察,完全把工匠给丢到脑后去了。

就这样,在刘伯温聪明机智的安排下,一场可能发生的悲剧并没有上演。

刘伯温修北京城

燕王朱棣在南京城居住时,打算在北方重建一座京城,于是找来大臣刘伯温,请教应把京城重建在什么位置。刘伯温说:“让大将军徐达办这件事吧。”燕王命人找来徐达。刘伯温对徐达说:“凭你的神力往北射上一箭,箭落在哪儿就在那里修建京城。”徐达答应了,来到殿外,张弓搭箭,朝北方射去。刘伯温赶紧带人坐上船,顺着大运河往北追来。

这一箭射的可真不近,一直飞到如今北京城南20多里的南苑。那时,南苑住着八家小财主,看见箭落下来都慌了神。他们想:在这儿建城,自己的房产、地亩不就全被占用了吗?思来想去有了主意:咱们把箭再射走不就行了嘛!于是箭又被往北射去,落到如今后门桥这个地方。

据说后门桥下有个石碑,上刻“北京城”三个字,石碑下就是当初落箭的地方。刘伯温追到南苑,掐指一算,知道箭应该落在这儿。他找来八家小财主,逼着要箭。财主们见瞒不住,只好求告说:“只要不在这儿建城,你要什么条件都行。”刘伯温想了想:“好吧,但修建京城的钱由你们出。”财主们一核计,心想我们有的是钱,建个京城不算什么,就答应了。

最先建的是西直门城楼,可没想到城楼没修完,财主们已是倾家荡产。怎么办呢？

刘伯温又掐指一算，命令手下去找一个名叫沈万山的人，几天后还真找到一个沈万山，带到什刹海来见刘伯温。这个沈万山是干什么的呢？原来他是一个要饭的，浑身又脏又破，胳肢窝下夹一个破瓦盆。听刘伯温说找自己是要钱来的，吓坏了，哆嗦着说："我一个穷要饭的，哪儿有钱啊！"刘伯温眼一瞪："没钱不行。来人哪，给我打！"手下人立刻操起棍棒朝沈万山狠打起来。开始沈万山还连声哀求，后来打急了，就把脚一跺说："这地底下就有银子，你们挖吧。"

刘伯温大喜，派人一挖，地下果然有大缸大缸白花花的银子。修城继续进行，可没过多久，银子又用完，就接茬儿棒打沈万山。沈万山被打急了，又往地下一指："这里有银子。"大伙一挖，果然又有银子。

就这样一而再，再而三，北京城终于修起来了。那些挖银子挖出的大坑，放进水后，就成了今天的什刹海、北海和中南海。

息壤之约

甘茂是战国时期秦国的左丞相，也是历史上著名的小丞相甘罗的爷爷。甘茂机智果断，并且善于考虑事物的长远问题，常常将一件事情可能发生的变化罗列出来，再进行针对性的考虑，这使他常常处于不败之地。

有一次，一向雄心勃勃要统一天下的秦武王召集自己的左右丞相商议出兵攻打韩国的事情，可是左右丞相意见不统一，左丞相甘茂主张攻打韩国，而右丞相樗里疾却认为不应该去攻打韩国。经过一番争论之后，右丞相的意见被秦武王否定了。当秦武王问谁可以带兵攻打韩国时，甘茂回答道："我愿意带兵去攻打韩国，但是在攻打韩国之前，我们必须去联合魏国,这样才能万无一失。至于说服魏王的事情就交给我吧,我一定会说服魏王和我国一起出兵的。”于是秦武王就派甘茂去当使者,劝说魏王和秦国一起出兵,而甘茂也很出色地完成了说服的任务。

甘茂说服魏王之后,却派人回来向秦武王报告说:“我已经说服魏王同意出兵了,但是我们可不可以改变主意,不要攻打韩国了。”秦武王很奇怪,不明白甘茂是什么意思,于是就亲自到甘茂所住的地方息壤来问个明白。

当秦武王见到甘茂时问道:“当初你是非常积极地赞成去攻打韩国的,而且你还很主动地担负起了说服魏王出兵的重任,现在一切都准备好了,你又为何改变主意了呢?”甘茂没有直接回答秦武王的问话,而是对秦武王说:“大王,您是不是听说过孔子的学生曾参的一个故事?”秦武王不明白甘茂是什么意思,只好摇了摇头说:“我不知道你说的是什么样的故事。”甘茂说:“那我就给大王讲一讲这个故事。听了这个故事之后,大王也许就明白其中的道理了,怎么样呢?”秦武王只好说:“那就请丞相讲一讲吧。”甘茂说道:“孔子有一个学生名叫曾参。有一次,有一个和他同名同姓的人在外面闯了祸,不清楚的人以为是他闯了祸。于是就去告诉他的母亲,说她儿子在外面杀了人。她母亲因为相信自己的孩子,所以没有听信别人的话,过了一会儿,又有一个人来告诉她说她儿子闯了祸,这位母亲还是没有相信,可是,当第三个人来告诉她说是她儿子闯了祸,现在官府正准备到她家来抓人时,曾参的母亲终于相信了,吓得躲了起来。”秦武王听了这个故事之后,还是不明白地问:“左丞相说的这个故事和我们攻打韩国有什么关系呢?”甘茂叹了一口气说:“大王,我们去攻打韩国不是一天两天的事。这场战争也许会打好几个月,甚至更长的时间。如果这中间发生什么变故的话,那我们今天的努力就全白费了。”秦武王说:“有你主持这次战争,怎么可能发生变故呢?你考虑得太多了吧。”甘茂回答说:

“大王，您要知道，我离开京城去攻打韩国，如果一时半会儿打不下来，朝廷里一定会有人说我的坏话，而大王要是像曾参的母亲一样听信了别人的话，那我的后果就会很悲惨，而大王想统一天下的事业也会受到很大的损失，这让我很为难呀！”秦武王一听，立刻明白甘茂的意思了，于是他就对甘茂说：“你放心，我一定不会去听信别人说的坏话，如果你怕我做不到，我就写下一个契约作为证据好了，这样你就可以放心地去攻打韩国了吧？”说完，秦武王果然写了一个约定，并将这个约定藏在了息壤这个地方。甘茂这才放心地带兵前去攻打韩国。

经过几个月之后，果然就有人在秦武王面前说：“大王，您看甘茂带着这么多的精兵强将去攻打一个小小的韩国，到现在却还没有打下来，这里面一定有什么问题，说不定是想背叛大王，或是准备投降敌国吧。”秦武王听了之后，果然也起了疑心，于是就派人前去问甘茂为什么还不能将韩国打下，并让甘茂立刻撤兵回国，这时候甘茂派人给秦武王送来了一封信，上面只写了两个字“息壤”。秦武王看到这两个字之后，立刻就想起了曾参的故事，觉得自己不该不信任甘茂，于是，又派出了五万大军给甘茂，协助甘茂攻下了韩国重要的城市宜阳城。

引水救鱼

庄子是春秋时期著名的思想家，他的哲学思想影响非常大，到现在仍然具有很大的影响，而在当时，庄子虽然拥有丰富的思想，却家境贫穷，有时穷得没有米下锅煮饭，生活很是艰苦。

有一天，庄子家没有吃的了，为了不让家人挨饿，庄子只好去找曾和自己有一面之缘的监河侯借些米。监河侯是专门负责管理河道的官员。监河侯听说是庄子找自己有事，就将庄子请进了家门。

进门之后，庄子硬着头皮将自己今天来的用意告诉了监河侯，希望能得到他的帮助。监河侯一听，十分爽快地说："既然是庄子先生亲自来说，我怎么会推辞呢？这粮食我肯定会借给你的。"庄子听了十分感激，正准备说几句感谢的话，那监河侯突然语气一转又说了一句话："不过，要等到秋天收了粮食之后，我才借给你。"庄子一听，非常生气，他看着监河侯，知道对方是在戏弄自己，就等着自己发怒让他看笑话，自己绝不能上他的当。

庄子想了想，对监河侯说："多谢你的好意，你能借粮给我，真是解决了我的燃眉之急。有一件事我想告诉你，你想听听吗？"监河侯见庄子还是一派自在的样子，就好奇地问："是什么事情？"庄子说："我在来你家的时候，听见了一阵呼救声。我朝四周看了看，没有看见有谁在呼救，再仔细看看，原来在你家门前大路上的车辙里面，有一条快被干死的鱼在向我求救。我问它是怎么回事，它告诉我说，它家住在东海，不久前被人给抓了上来，然后又被运到这里，住备送到集市上去卖，可是刚才经过这里时，因为路太烂了，它一不小心就被颠了出来，掉在了这个车辙里，而车辙里的水快干了，它也快被干死了，所以当它看见我时就只好向我求救，希望我能救救它。"

监河侯听到这里，着急地问庄子："那你是怎么说的？"庄子笑着说："既然它在向我求救，我当然会救它了。我告诉它，等我先到南方去见吴王和越王，想法劝说他们将西江的水引过来，就可以将它救回东海了。"监河侯一听庄子这么说，就笑着说："先生错了！你居然要去南方找吴王和越王引西江水到这里来救它！简直就是可笑之极。这条车辙里的鱼已经快干死了，只需要给它一点水就可以将它救了，哪里用得着先生费那么大的力气去引水呢？如果按你的办法，还没等你去南方它就已经死了，怎么还等得到你引水来救呢？先生这种做法真是太可笑了，哈哈哈哈！"庄子也笑着说："是呀，刚才那条鱼也是这么对我说的，原来快死了的鱼是等不到我从远处引水来救的呀！"监河侯见庄子面带微笑望着自己，不由得一愣，接着就明白了庄子说这个故事的用意所在，原来庄子是在讽刺自己是引水救鱼的那个傻瓜，顿时脸上发红，知道自己刚才所说的话得罪了庄子，于是赶紧向庄子道歉，并马上让人将粮食准备好，送到了庄子的家里。

远水不解近渴是谁都明白的道理，监河侯虚伪的面目，被庄子好好地讽刺了一番，本来想戏弄别人的人却被别人给戏弄了，这就叫自作自受。

优孟哭马

春秋时期，楚国的国君楚庄王非常喜欢马匹，只要是有好马让他知道了，他就会想办法找来放在自己的马厩里。

在楚庄王的王宫马厩里有好几匹漂亮的马匹，其中有一匹是楚庄王最喜欢的。他把这匹马当做人一样的对待，给这匹马穿上最上等面料做的衣服，吃的是最好的给人吃的食物，睡的是上等木材做的床，还专门为这匹马建了一座屋子，派了好几名侍从服侍这匹马，这马过得简直比人还好。可惜因为没有经过锻炼，日子过得太好，这匹马没过多久就死了，这可让楚庄王伤心得很。他决定给这匹马举行隆重的葬礼。首先，所有的大臣和百姓都要向这匹马敬礼；第二要以安葬国家大臣的礼节来安葬这匹马。

楚庄王的这个命令一下，大臣们都觉得实在太过分，纷纷劝楚庄王不要这样做，否则会让别国看笑话，自己国家的百姓也不能接受。可楚庄王却听不进这些劝告，一意孤行，而且还说：“你们谁再敢对我的爱马的葬礼说三道四，我就把他杀了给我的爱马陪葬！”大臣们一听都吓得不敢再说什么了，虽然心里非常地不满，但也不敢再去劝楚庄王了,万一大王真的将自己杀了去给一匹马陪葬,那就太不值得了,所以大臣们全都不再吭声了。楚庄王见大臣们不讲话了,就命令道:“现在就按我的吩咐去给马准备丧事吧,不许有什么做得不好的地方出现,听见没有?你们都下去吧!”话音刚落,就听见大殿外面有人放声大哭,楚庄王皱着眉头说:“外面是谁在大声号哭?把他带进来!”卫士们将外面大哭的人带了进来。楚庄王一看,原来是自己宫廷里的一个演员,名叫优孟,因为他善于演各种滑稽戏,每次的表演都很精彩,常常把楚庄王逗得哈哈大笑,因此很受楚庄王的喜爱。现在见他哭得这么伤心,楚庄王觉得很奇怪,就问道:“你为什么哭得这么伤心?发生什么事情了吗?”优孟哭道:“大王,我是为这匹马哭的呀!它那么受您的宠爱,怎么就这么草率地安葬了呢?这是万万不可以的,请大王重新安排它的葬礼,一定要很风光很隆重才行,这才能体现出它的尊贵呀!”楚庄王一听问道:“你认为我这样处理还不隆重吗?那你认为应该怎么办才算配得上它的身份呢?”优孟答道:“我认为应该按照国王的待遇来安葬它。首先要用最好的玉石来给它做棺材,然后派出大量的军队和百姓去给它修一座高大雄伟的墓地,还要让其他国家的国君派出使者来参加它的葬礼。在下葬的那一天,要赵国和齐国的使者给它抬棺材,让韩国和魏国的使者给它开道,还要给它封一个最大的官职,为它造一个庙宇,让百姓去给它上香供奉,这样才能让天下的人都知道大王对马的喜爱是真实的,比爱百姓大臣还要多呀!”

听到这里,楚庄王终于明白了优孟的真实意思。他哪里是在哭马呀,明明就是在用一种很巧妙的方法劝谏自己要重人轻物呀!聪明的楚庄王终于醒悟过来,对自己重物轻人的做法感到很惭愧,于是点点头说:“你说得有道理,我的确是没有分清轻重,重物轻人是非常危险的,多谢你的忠告。那你觉得现在我该如何对待这匹马呢?”优孟笑着说:“我认为现在应该先挖一个大坑给它做墓地,然后在坑上放一个大铁锅给它做棺材,最后放一些香料把马肉烧得香喷喷的,全部埋进大家的肚子里是最好的。”楚庄王听了之后哈哈大笑，决定从此再不重物轻人了，并将自己马厩里的那些好马全都交给士兵们去用，让那些马在风雨中更加壮实。

从此以后，楚庄王再也没有做过重物轻人的事情，他意识到了人才的重要性，决心将自己的财力和物力都用在招揽人才上。有了人才，才会有强大的楚国。

巧言救县令

敬新磨是五代时期后唐的一名宫廷演员，因为他巧言善辩，表演滑稽，言语幽默，所以深受后唐皇帝庄宗的喜欢。庄宗常常将他带在身边，让他说笑话表演逗自己开心。

有一次，喜欢打猎的庄宗带着一大群大臣到中牟县去打猎。一群人在山边围猎，一时间山上的野兽四外乱跑，锣鼓声、呐喊声响成一片。庄宗骑着马用弓箭向一头被赶出来的野猪射去，正好射中那头野猪的背。野猪痛得四处乱跑，可是四周都有人围着，野猪没有逃回山上的路了，只好一回头朝着山下的方向冲过来。发了狂的野猪冲开一条路，一路狂奔地向山下的农田冲去。庄宗见野猪要跑，就率先骑着马追了过去，大臣们和侍卫们见庄宗已经冲过去了，也赶紧跟了过去，害怕发狂的野猪会让皇帝受伤。

野猪冲到了农田里，见后面的人还在紧紧地追赶，就在田里四处躲藏，追赶的人也在田里东奔西跑，农田里的一大片青青的麦秆被踩坏了，奉命陪同庄宗的中牟县县令见农田被损坏得严重，就赶紧跪到庄宗的面前请求道：“皇上，请不要再去追野猪了，这样会让农田的青苗损失太大，农民会因此少吃好多粮食啊！请皇上下令不要再踩农田了。”

庄宗正在为没有将野猪杀死而生气，见个小小的县令居然敢让自己停止打猎，就把一肚子的气出在县令的身上，高声说道：“你这个狗官，好大的胆子，竟然敢叫我不要再打猎了，真是岂有此理，把他给我绑起来推出去砍了。”县令一听，吓得一下子就瘫在了地上，而在场的大臣和侍卫们都觉得庄宗的这个命令很不合理，纷纷想为这名县令抱不平，可是一看到庄宗铁青着一张脸，狠狠地盯着大家，于是都不敢出面为县令求情，只好眼睁睁地看着这名县令被绑起来。

就在这个时候，突然听到一个人大声地说：“杀得好，杀得好，这种官员就是该杀！”大家一看，说话的正是敬新磨。只见他走过来，站在那名被绑的县官面前，大声说道：“你这个人怎么这么没有脑子？你不知道皇上最喜欢打猎吗？居然敢当面阻止皇上，扫了皇上的兴致，真是该杀！”

庄宗见敬新磨站在自己一边，心里非常高兴，于是脸色也渐渐转好，点了点头，等着敬新磨继续说下去。

只听敬新磨又说道：“你这个县官真是个榆木脑袋，一点也不开窍，你应该事先将这块农田空出来，为什么让老百姓在上面种粮食，而不是在这上面种上杂草、树木，再放一些野兽在里面，然后通知皇上来打猎呀？既然已经种上粮食也就算了，现在皇上兴致正高的时候，踩了这块地里的青苗又怎么样？只要皇上高兴就好呀，至于国家能不能收税，老百姓有没有粮食吃，和你的关系又不大，你干什么跑来多事？难道在你的眼里，皇上的心情还比不上国家的税收和百姓的粮食吗？真是一个不懂事的家伙！不杀你杀谁呢？”

庄宗皇帝越听越觉得不对劲，到最后终于听明白了敬新磨的意思了。原来他是在绕弯子批评自己、提醒自己呀！冷静下来的庄宗也觉得自己刚才在气头上的处事方法很不好，可又找不到台阶下，现在敬新磨的这番话正好也给了自己一个下台的机会，于是，庄宗清了清嗓子说:“算了算了,看在这县官也是为老百姓着想的份上,今天我就不追究他的错了。这些被踩坏的青苗叫他计算一下,大概值多少钱,让人将赔偿的钱交给这田主人就行了。咱们回去吧,今天就到此为止。”说完就骑着马往回走,敬新磨赶紧大声喊道:“皇上圣明!”大臣们这才如梦初醒,也跟着说皇上的好话。

就这样,一场无法避免的悲剧就以喜剧的形式收场了,而这一切都全靠了敬新磨的镇定自若和聪明机智。

冯唐智救魏尚

魏尚是汉文帝时期镇守边关的云中太守。他英勇善战,对如何指挥部队打仗非常有经验,在队伍的训练方面也有自己的独特之处,因此常常立下战功,在朝廷内外享有很高的声誉。由于他的原因,以往常常前来袭击汉朝边境的匈奴也不敢再来了,边境上一片安宁,百姓们的生活得到了保障。

有一次,魏尚奉命去攻打盗匪,在报战功的时候,误报了六个敌人的数量,结果竟然被朝廷以冒领战功的名义关押了起来,送回京城的监狱准备受审服刑。得到这个消息之后,匈奴立刻发动了对汉朝的袭击,而接任的守军将领因为没有魏尚的本领,使得汉军节节败退,百姓再一次陷入了战乱之中。

汉文帝在接到了边境的战报之后,心里十分焦急,也派不出什么可以担当这个抗敌重任的大将,这让他心里很郁闷,于是就派人驾着车在京城里漫游散心。当汉文帝路过朗署的时候,一位老人前来拜见汉文帝,这人就是冯唐。

冯唐曾在汉朝当过郎官,本来已经年老退休了,可是当他听说镇守边关的大将魏尚因为一点小小的错误，就被汉文帝关进监狱了，心里非常着急。他知道如果魏尚不在边关的话，匈奴一定会乘虚而入进犯边境，可是自己已经退休了，很难有机会接近皇上向他建议放了魏尚。正在他着急的时候，得知汉文帝正驾车在京城游玩，于是就立刻前来拜见皇上，希望能为魏尚说情。

当汉文帝知道冯唐的祖先是赵国人之后，就赞扬起赵国当初的名将李齐，认为这员大将十分勇敢，而且对自己的国君也是十分忠心，而冯唐听了以后却摇摇头说："这李齐虽然勇敢，但是比不上廉颇和李牧。"文帝听后感叹说："如果我有这样的大将，就根本不用担心小小的匈奴了！"冯唐前来拜见汉文帝的目的就是为了替魏尚求情，现在见汉文帝把话说到这个地步了，认为时机已经成熟，于是立刻给汉文帝叩了一个头说："皇上忧心匈奴对边境的危害，希望能有像廉颇和李牧那样的将领为国分忧，可是皇上，你知不知道，就算是你拥有了那样的将领也不会重用的。"汉文帝一听十分生气，一甩袖子就走了。冯唐知道，以汉文帝的性格，他是绝对会再找自己问清楚的。果然，过了不久，宫里一名太监就将冯唐带进了宫。冯唐再次见到汉文帝时，汉文帝和颜悦色地对冯唐说："老先生，听了你的话，我一时生气就走了。是我不对。现在可不可以请老先生将话的意思给我解释清楚呢？"冯唐见汉文帝如此谦虚，就对汉文帝说："皇上，想当初那些贤明的君主在派遣将帅出征的时候，都会举行非常隆重的仪式，并会亲自给将帅推车，将大印亲手交到将帅的手里，同时还授权给将帅，对于军队中的功过奖罚全由将帅做主，君主是不会参与其中的，就连皇上赞赏的李牧将军在镇守边关的时候，赵王也授权他全权处理边关的一切事务，只需向君主报备一下就可以了，而现在皇上您能不能那样去器重和信任镇守边关的将帅呢？举例来说，云中太守魏尚，在军队和百姓中享有极高的威望，就像当初赵国的李牧将军一样，有他镇守边关的时候，匈奴兵什么时候敢过境来抢劫呢？魏尚只不过是在报军功的时候出现了一点小小的疏忽,致使数量上有一些出入,可是他的错误和功劳相比,简直就小得不可比。可就是这样一个小小错误,您竟然将这员大将关进了监狱!这样一来,边关的军队和百姓失去了依靠,而帮匈奴去掉了一个威胁,所以我认为,就算是廉颇、李牧他们在您的身边,您也不会重用他们的。”

汉文帝听了冯唐的话之后,认为很有道理,对自己当初下的决定感到后悔,于是,立刻写了一封诏书,让冯唐带上,去监狱将魏尚放出来,然后将魏尚官复原职,仍然派他镇守边关。这样一来,匈奴又不敢来侵犯汉朝的边境了。

断绢巧断案

薛宣是西汉时期的一位郡守,他为人机智,善于察言观色,有时居然能通过观察犯罪嫌疑人的神情来判断案件真假,而且几乎没有出过差错。

有一次,在薛宣路过一个县城的时候,有两人因为一匹绢布打了起来,最后闹到了薛宣面前。在县衙门的大堂上,这两人依然争执不休。薛宣问他们到底是为了什么事闹得如此四邻不安的。其中一个工匠打扮的人说:“大人,请您给我评评理!我是一名织绢的工匠,前两天有人请我给他织绢。今天绢织好了,我就带到城里来给人送去。因为天热,就想在前面的一个凉茶店喝茶休息,当时这人正好和我一起进店。因为里面喝茶的人很多,只剩一张空桌子了,我们二人就坐在了一起。他见我抱着这匹绢布,就问我可不可以让他看一看是什么样的绢,我也没有想太多就给他看了。谁知这人看了之后,竟说这匹绢布是他的,硬要拿走。这匹绢可是我辛苦了两天两夜才给客人赶织出来的，怎么能让他白白地拿去呢？我当然就不肯了，可当时店里的人是见我们一起进的店，又是坐在同一张桌子旁，以为我们是一路的，都没注意是谁拿着绢布进来的，所以也不清楚这绢的来历，现在我就是浑身是嘴也说不清楚了。”另一个商人打扮的人听了就在一边叫起冤来了，他说：“大人，你别听他一派胡言乱语！今天我拿着这匹刚进回来的绢布去喝茶休息，可这个碰巧和我一起进去的家伙见了我的绢布，就说自己没有做好，由于给客人的货很着急，便想让我将绢布低价卖给他拿去交差。这匹绢是我帮别人买的，肯定不能给他了，所以我没有同意。可这人见我不同意，竟谎称这匹绢是他的，硬要我将绢给他，天底下哪有这么不讲理的事！所以我就和他吵了起来，请大人一定要为小民做主！”

听了这两人的话，在门外的百姓都议论纷纷，有的认为绢是工匠的，有的却说是商人的，一时之间，外面闹哄哄的都在发表自己的意见，坐在堂上的薛宣一时之间也不好判断了。他看了看那匹摊开的绢布，果然织得非常精致，上面的花鸟鱼虫都被织得栩栩如生，看得出是一匹难得的好绢。怪不得这两人会为一匹绢争执不下，可这东西也没有标明身份，实在是不知该如何来判定了。

大家见薛宣望着那匹绢布出神，一时都静了下来，大堂上下一片安静。大家都望着这位父母官，想看看他到底会怎样来处理这件事。

薛宣望着绢布想了一会儿之后，有了一个主意。他清清嗓子，拍了一下惊堂木，说：“这匹绢布无名无姓，本官也不能判定它到底属于谁。那么就一人一半，谁也不吃亏。”说完就让手下人用剪子将这匹好好的绢布一分为二，分给了这两人，然后就让他们离开了。大家见薛宣如此断案，都觉得判得不好，可谁也没有更好的解决方法，只好散开了，那争执的二人见这个样子也只好各自拿着一半的绢布离开了。这时，薛宣悄悄地叫两名手下去跟踪那两人，看他们都有什么表现，然后回来告诉自己。

过了一会儿，跟踪的两名手下回来报告说，那个工匠出去之后十分伤心，是哭着离开的，而那个商人却是喜笑颜开的。薛宣听了报告之后，就命令手下将这两人重新带回来，大伙听说又要重审这个绢布案了，觉得十分有趣，赶来听的人也比刚才多了许多。

只见那两人被带上来之后，薛宣训斥那个商人道："你这个奸商，为了贪图私利，竟然诬陷好人，简直是可恶之极，还不赶快把事情真相说出来！"那个商人一听，大叫冤枉，说自己根本就是绢布的主人。薛宣说："现在我已经非常清楚事情的来龙去脉了，你不用再狡辩了。因为你根本不是绢的主人，所以当我将这匹绢剪断之后，你不会心痛，只会为白白得到了半匹好绢而高兴，而这绢的真正主人，因为自己辛辛苦苦织的东西被损坏了，所以就会伤心流泪。你们拿到绢之后的表现，我已经派人看得清清楚楚，你还有什么话好说？"那个商人听了薛宣的一番推理之后，变得哑口无言，只好承认了自己起贪心说谎话的事实。薛宣当场判定商人赔偿给这位工匠十倍的工钱，并将这个黑心的商人重重地责打了四十大板，赶了出去。大家见薛宣如此巧妙地解决了这个案子，都忍不住连声称判得好，判得妙。

从此，薛宣名气越来越大，许多凶徒都不敢在他的管辖范围内作案，老百姓过得十分安心，因为他们知道，自己的父母官是一位青天大老爷，是他们的保护神！

生活斗智篇

讲情重义，
机智聪慧，
美名千古流芳。

智捞铁牛

北宋年间，民间发生了一次洪灾。山西永济县的一座浮桥被洪水冲塌了，用来固定浮桥的八只大铁牛也被冲入河底。

洪水过后，官府准备重建浮桥。当务之急就是要把那八只铁牛捞上来。可是，那八只铁牛每只都有几吨重，即便是在岸上都很难移动它们，更别说是从河里把它们打捞上来了。官府无计可施，就贴出告示，悬赏能想出办法打捞铁牛的能人贤士。

告示贴出好几天，围观的人很多，可是谁也没有良策。这天，一个和尚来到告示前，看清上面写的内容后，毫不犹豫地把告示揭了下来。众人的目光都齐刷刷地落在他的身上。

"这是哪来的和尚？有这么大的胆子！""官府都没办法的事情，他能行吗？"大家议论纷纷。看着大家怀疑的眼光，这个叫怀丙的和尚轻松地笑着说："既然是河水冲走了铁牛，我就让河水再把它们送回来。"好奇的人们簇拥着怀丙和尚来到河边，想看看他是不是在故弄玄虚。

按照怀丙和尚的指挥，官府派人找来两艘大船，中间略留了些空隙，并排拴在一起；然后在两艘船之间搭了个木架子；随后，又派了几个水性好的青年潜下水去，探明铁牛的准确位置；接着，在船上装满泥沙，划到铁牛所在的位置。那几个青年再次潜入水中，用铁链把其中的一只铁牛牢牢拴住，再将铁链的另一端，绷紧了系在木架子上。

一切准备妥当，怀丙和尚发出号令，船上的人就开始把泥沙一锹锹地铲出去。泥沙越来越少，船一点点地往上浮。借助水的浮力，收紧的铁链就把水底的铁牛慢慢地拉起来。等船上的泥沙铲尽时,铁牛就从水底的淤泥中被拉了出来。怀丙和尚有条不紊地指挥着船工,把铁牛拖到适当的位置,然后依照这个方法,把其他几只铁牛也一一拖上岸来。

岸上的人们鼓掌欢呼起来,齐声称赞怀丙和尚为老百姓做了件大好事。

砸缸救人

司马光是北宋著名的历史学家。他小时候砸缸救人的故事几乎家喻户晓。

司马光七岁那年的一天下午,天气十分炎热,司马光和小伙伴们在花园里玩捉迷藏。花园里有一个一人多高、几个人都抱不动的大水缸。有个男孩突发奇想:“如果我藏到水缸上面,别人肯定捉不到我。”于是,他就想办法爬了上去。

站在水缸边沿,看着伙伴们在下面追逐玩闹,男孩得意地叫着:“我在这儿呢,你们来捉我呀。”他兴奋地手舞足蹈起来。突然,脚下一滑,“扑通”一声掉进了缸里。缸里的水很深,一下子就没过了男孩的头顶。男孩在水里一沉一浮,拼命地扑腾着,大声地哭喊着:“救命!救命!”

小伙伴们被这突然发生的灾祸吓坏了。水缸这么高,很难爬上去,即使爬到水缸顶上,也没办法把落水的男孩拉上来。胆小的孩子哭了起来,有的只知道嚷嚷着:“快来人哪!”有的则愣在原地不知所措。

水缸里哭的声音渐渐微弱了,再不及时相救,男孩就会没命了。

紧急时刻，司马光没有慌乱，他抿着嘴唇，脑子飞快地转着，想着各种从缸中救人的办法。忽然，他眼前一亮，看到旁边有一块大石头，便一个箭步冲上去，抱起大石头，狠狠地砸向水缸——“哐”的一声巨响，水缸破了一个大窟窿，里面的水倾泻而出。没一会儿，水流尽了，只见缸里的男孩浑身湿淋淋地瘫坐在缸底。突然，他“哇哇”地吐了几口水，缓过劲来了，小伙伴们拍着巴掌连声欢呼。这时，听到消息的大人也赶到了。

很快，司马光砸缸救人的事迹传开了。

巧画墨

三国时，吴国有个著名的画家叫曹不兴，擅长画龙、虎、马和人物。传说，有一年十月，吴王孙权在青溪游玩时，看到一条赤龙由天而降，在水面上飞行，便让曹不兴把龙的样子画下来。曹不兴画出的龙栩栩如生，得到孙权的赞赏。

有一次，孙权召曹不兴进宫，让他画一幅屏风，还特地准备了上等的作画丝绢。曹不兴命人展开丝绢，备好笔墨，凝神片刻后，心中便有了完整的构思。接着，他提起笔来，在丝绢上挥毫泼墨，走笔如龙。画到尽头处，曹不兴不禁有些忘情，手势也越来越大。忽然，随着手腕的运动，一滴墨汁甩了出来，落到了丝绢上。旁观的人都呆住了。这可怎么办？这滴墨不仅使整幅画前功尽弃，关键是，如果让孙权知道画绢被弄脏了，不能按时完成任务，说不定会惹来杀身之祸。

曹不兴提着画笔，看着画绢上那滴醒目的墨点，整个人都傻了。重新画一幅已经来不及了，况且也没处去找同样的丝绢，只能想办法进行弥补。曹不兴眉着微蹙，脑子里飞快地转着各种主意。片刻后，他眉头舒展，想出了一条妙计。只见他提笔在那个墨点上点画了几下，众人纷纷拍掌称绝。

画作完成了，曹不兴呈现给孙权看。孙权命人将画绢打开，自己走上前去欣赏。只见整幅画布局完整，妙趣天成，孙权边看边点头称赞。忽然，孙权看到画绢上停着一只苍蝇，就挥了挥衣袖，想把它赶走。谁知那苍蝇却纹丝不动。孙权不由觉得奇怪，俯身仔细察看，才发现那只苍蝇并非真的，而是画上去的。孙权忍不住仰头大笑，赞叹说："曹不兴真是妙笔圣手，连画的苍蝇都这么栩栩如生！"随即命人重赏曹不兴。

曹不兴这才松了一口气，原来那只苍蝇就是他由墨点改画而成的。

孙叔敖锄打两头蛇

春秋时候，楚国斯思（今河南淮滨东南）的一个小村庄里，生活着一个叫孙叔敖的少年。他敦厚质朴、聪明能干，又很乐于帮助他人。

有一年盛夏，天热得叫人透不过气，毒辣辣的太阳烤得人头晕眼花。村里许多人干了一天农活回家后都中暑躺倒了。听着大家痛苦的呻吟声，孙叔敖心里难过极了，怎样才能帮帮大伙儿呢？对了！他突然记起一本药书上讲到，有一种草药煮了可以解暑，村边山上正好就有这种草药，自己何不去采一点回来试试。

想到这儿，孙叔敖马上戴上斗笠，扛起长柄药锄，急匆匆向村外的高山跑去。

高山山势崎岖，孙叔敖顺着山脊的背阳处，踏着高低不平的山路搜寻着。突然，他双眼一亮，前面大石旁正长着一些要找的草药。孙叔敖心中一喜，急忙往前迈步。突然，“嗖”的一声，身边灌木丛里窜出一条蛇，昂着两只三角脑袋，“嘶嘶”地吐着舌信。

“啊？两头蛇！”一股凉意一下子浸透了孙叔敖全身，耳边响起村里老人的话：双头蛇是阎王爷的坐骑，见了它的人准活不到第二天。

孙叔敖顿时乱了方寸，扭头就往回跑，可是跑着跑着，他慢慢停下了脚步。心想：“反正是要死了，跑有什么用？如果别人再看到这条蛇，不也活不成了吗？不行，一定得打死它！”想到这儿，他定了定神，用力攥了攥手中的锄把，坚定地走了回来。

那两头蛇还在原处盘着，晃着两只脑袋逞威风。孙叔敖一个箭步冲上前，抡起药锄狠狠地打下去，一连几锄，两头蛇便送了命。他又马上刨了一个深深的土坑，把死蛇埋了起来，然后飞快地采下一大捧草药，向山下跑去。

喝了草药汤，大伙儿都感觉好多了。可孙叔敖想到自己已活不到明天，不由得闷闷不乐。细心的母亲马上注意到了，经过询问，孙叔敖把白天发生的事一口气讲了出来。

孙夫人听完慈爱地笑着说：“傻孩子，你做得对！无论做什么事都应该替别人着想。你的担心是多余的，谁听说过看一眼什么恶物就会死人的？你细想想就明白了。”

听了妈妈的话，孙叔敖这才恍然大悟，摸了摸脑袋，不好意思地笑了。

孔融妙语服众

孔融是东汉时期著名的文学家，从小天资聪慧，口齿伶俐。

十岁那年，孔融随父亲来到京城洛阳。洛阳太守李膺才学出众，很有名望,去他府上求教的人络绎不绝。李膺为了少受些打扰,便吩咐守门的家丁,除了至亲好友或者达官贵人,一般的人一概不见。

孔融久闻李膺的名声,也想去拜见一下。他独自一人来到李府门前,对守门人大声说道:“我家和李太守是世交,今天特来拜望,请通报一声。”

守门的家丁见孔融年纪虽小,但气度不凡,不敢擅自阻拦,急忙去禀报太守。李膺正和满堂宾客交谈,听说世交之子来访,就让家丁把客人请进来。

见到素不相识的孔融,李膺觉得纳闷:“请问这位公子,令尊是哪位?你家和我家是怎样的交情?”

孔融彬彬有礼地答道:“我是孔子孔仲尼的子孙,大人您是老子李聃的后代,孔子和老子是好朋友。作为他们的后代,我们难道不是世交吗?”

李膺对孔融从容不迫、有理有节的回答感到十分意外,忍不住称赞道:“有见识!”在座的客人们也纷纷夸赞孔融口才了得,聪明过人。

就在这时,太中大夫陈韪也来到李府,听到宾客们都围着一个孩子连声称赞,就询问是怎么回事。大家就把刚才孔融的出色表现告诉了他。没想到,陈韪不屑一顾地扫了孔融一眼,刻薄地说:“小时候聪明伶俐不算什么,长大了未必有出息。”

孔融听了这话,一点儿也没有慌乱,盯着陈韪,以调侃的口吻回敬道:“这么说来,陈大人小时候一定聪明伶俐。”

众人愣了一下后哄堂大笑。陈韪没想到孔融反应这么机敏,看到大家指着他笑得前仰后合,他面红耳赤,一句话也说不出来。

聪明的小哥俩

三国时期，魏国有一对兄弟，哥哥叫钟毓，弟弟叫钟会。他们的父亲是魏国的太傅钟繇。兄弟俩天资都很聪慧，但性格不大相同：哥哥憨厚老实，弟弟调皮活泼。

一天中午，钟繇饮酒后，正躺在床上闭目休息，忽然听到耳边传来窸窸窣窣的声音。钟繇微微睁开眼皮，看到钟毓、钟会兄弟俩蹑手蹑脚地走到桌前。钟会伸手从桌上拿起酒壶，对哥哥说："父亲刚才饮酒时，直叹'好酒啊'，想来这酒的味道一定很好，咱们来尝尝吧。"钟毓说："这恐怕不适合吧，我们怎么能背着大人偷偷饮酒呢？"钟会大大咧咧地说："怕什么，我们就尝一尝而已。"

于是，钟会分别倒了两杯酒，自己先端起一杯，钟毓犹豫了一下，也端起一杯。钟繇不动声色，继续眯着眼睛装睡，想看看这兄弟俩到底会怎么做。

钟毓转过身来，先朝父亲拜了一拜，才把酒喝下去。钟会闻了闻酒的味道后，一仰脖就把酒痛快地喝了下去。兄弟俩相继被酒辣得连连咳嗽。

这时，钟繇翻身而起，故意严肃地问道："你们在干什么？"兄弟俩一下子呆住了。

钟繇问钟毓："你刚才为什么要先拜我再喝酒？"钟毓低下头老实回答："孩儿偷酒喝，心里很不安，不敢不拜。"钟繇又问钟会："那你为什么不拜？"钟会转转眼珠说："偷酒喝是失礼的行为，不敢再拜。"钟繇被他俩的回答逗笑了，便没有责怪他们。

魏文帝听说钟繇的两个孩子都很聪明伶俐，就想见见他们。钟繇带着兄弟俩来到皇宫里。看到皇上威严地高坐在龙椅上，两旁站满了文武大臣，钟毓紧张得额头冒汗，钟会却满不在乎地东张西望。

魏文帝问道："钟毓，你怎么满脸都是汗哪？"钟毓谦恭地说："我见到皇上如此威严，心里惶恐，所以汗流满面。"

魏文帝赞许地点点头，又问道："钟会，你一点儿汗都没出，难道你不怕我吗？"钟会当即答道："我正是因为见到皇上心里害怕，所以不敢出汗哪。"

兄弟俩别致风趣的回答，使魏文帝忍不住哈哈大笑。满朝文武也都连声赞叹他们的巧言应对。

徐文长戏官

徐文长，名渭，字文长，是明代文学家、书画家。他自幼聪颖机敏，为人仗义，在民间流传着很多关于他的故事。

徐文长十四岁时来到杭州。当时的杭州知府自认为才学过人，得知徐文长颇受人们赞赏时，心里十分不痛快，便派衙役将徐文长叫来。

知府见到徐文长，就威胁他说："今天我来和你对对联，如果你对不上，我就把你驱逐出城。"徐文长满不在乎地一口答应了。

知府指着西湖边的六和塔，说出上联："六塔重重，四面七棱八角。"

随从的各位纷纷念叨着这句上联，都觉得很难应对。徐文长一言不发，扬了扬手。知府以为他对不上，就得意忘形地指着保淑塔，又出了个上联："保淑塔，塔顶尖，尖如笔，笔写五湖四海。"徐文长还是不吭声，只是用手指了指锦带桥，向知府拱拱手，然后两手平摊，往上一举。

知府撇撇嘴不屑地说："我的上联你一句都对不出，还敢到处卖弄!”

这时,徐文长终于开口了:“谁说我没对上?我早就对好了!”

知府恼火地说:“你对什么了?还敢狡辩!”

徐文长解释说:“你是口出,我是手对。”

“手对是什么意思?”知府问道。

徐文长解释说:“我对第一联扬了扬手,就是说‘一掌平平,五指三长两短’;我对第二联拱拱手,两手平摊,往上一举,是说‘锦带桥,桥洞圆,圆似镜,镜照万国九州’。”

知府一听两个下联对仗工整,无懈可击,只好悻悻而去。

另外还有一个故事。传说阴山知县高云在任时,盘剥百姓,收受贿赂,对当地的豪绅贵族却处处给予照顾。他离任时,很多豪绅贵族都来为他送行,送了很多礼。徐文长也送给他一幅书法卷轴,上面写着:“青天高一尺。”高知县为此很得意。

徐文长的朋友得知后十分不满,指责徐文长竟然也学会了溜须拍马。徐文长笑着解释说:“正因为他盘剥百姓,把我们阴山县的地皮都刮低了一尺,所以我才讽刺说他——青天高一尺啊!”

朋友们恍然大悟,不由得拍手称快。

丑女王后

春秋战国时期,齐国有个叫钟离春的女子。她皮肤黝黑,身材肥硕,弯腰鸡胸,是远近闻名的丑女人。但她从不自卑,而且见识过人。

一天,钟离春来到王宫前,声称要求见齐宣王。门卫们凶神恶煞般地对她呵斥道:“哪里来的丑女人,敢跑到这里来闹事!”

钟离春毫不惧色地说:“我倾慕大王的美德,特意来这里,愿意侍奉大王，听从差遣！”

门卫们轻蔑地说：“大王有那么多漂亮的嫔妃宫女，哪里轮得到你？”

钟离春义正词严地说：“少说废话，快去通报！”

齐宣王正与嫔妃们在宫里宴乐，听说有个女人主动要求来侍奉自己，不禁有些好奇，就下令召见。当他看到钟离春的长相时，觉得这个丑陋的女人真是异想天开，忍不住放声大笑。

钟离春却镇定自若地盯着齐宣王，连说：“危险哪！危险哪！”

齐宣王愣了一下，问道：“有什么危险哪？”

钟离春慢条斯理地说：“齐国现在的处境十分危险，外有秦、楚等国虎视眈眈地想吞并，内又有四大忧患……”

“哪四大忧患？”齐宣王的神色逐渐严肃起来。

“大王您沉溺于酒色，忠奸不辨，善恶不分，这是其一；您大兴土木，修建宫殿楼宇，玩物丧志，利令智昏，这是其二；您周围都是一些阿谀奉承的人，使贤臣的意见不被采纳，这是其三；您每日里花天酒地，歌舞升平，不治理朝政，这是其四。现在齐国危机四伏，已是危险之至啊！”

齐宣王听得目瞪口呆，感慨地说：“今天有幸听到你的诤言，才知道自己竟然有这么多的过失啊。”

于是齐宣王马上下令停止宴乐，辞去乐队舞女。随后，他励精图治，积极治理朝政，起用了一批贤臣，疏远了那些奸佞小人。

齐宣王有感于钟离春的贤德，就立她为后，辅佐自己治理天下。从此齐国国势蒸蒸日上。

曹冲称象

三国鼎立时，有一次，吴国的孙权派人给魏国的曹操送来一头大象。魏国人从来没见过大象，对此都很好奇。曹操就带领文武群臣一起去开眼界。

他们来到河边，走到大象跟前，都惊讶得睁大了眼睛，张大了嘴巴：这头象可真庞大呀！肥硕的身躯高大得像小山丘，四条粗壮的腿像四根大柱子，两只大耳朵扑扇扑扇的像两把大蒲扇。

看着这个庞然大物，曹操忍不住问道："这个大家伙有多重啊？"驯象的人回答说不知道。曹操便问众人有谁知道如何称出大象的重量。大家七嘴八舌地议论起来。有人说："这得专门做一杆特大号的秤才行。"有人马上提议："可以用一棵大树做秤杆。"接着就有人反驳："这样的秤杆谁提得起来啊！"又有人说："可以把大象杀死，把它的肉一块块地称好，再算出总的重量。"这种馊主意当然是遭到大家的一致反对。

正在大家议论纷纷、束手无策时，曹操的儿子曹冲从人群中挤出来，高声说道："父亲，我能称出大象的重量。"曹操低头看着年仅六岁的曹冲，又惊又喜，知道这孩子一向机智，既然他敢这么说，或许是真有办法呢。于是曹操高兴地问道："你准备怎么称呢？说给大家听听。"

曹冲声音洪亮地答道："这件事情得分成三步来做。第一次，找一条船，并把大象赶到船上，然后在船身浸入水面的地方画上一条线作标记；第二步，把大象从船上牵回岸上，然后派人搬运石头上船，直到刚才画在船帮上的线与水面齐平；第三步，把船上所有的石头卸下来一筐筐地称量，最后把所有的石头重量相加，那就是大象的重量了。”

众人听到曹冲条理清晰的讲解，连连点头，称赞说：“这真是绝妙的主意呀。”

曹操立即下令按照曹冲的方法去做，果然称出了大象的重量。

田忌赛马

战国时期，有一次，齐国大将田忌向逃到齐国的军事家孙膑请教兵法。孙膑跟他讲了三天三夜，让田忌佩服得五体投地，被奉为贵宾。孙膑也感激田忌的知遇之恩，常常为他出谋划策。

当时齐国贵族盛行赛马这种娱乐项目。上至国王，下到大臣，常常以赛马为乐，而且每次都以重金赌输赢。田忌也很喜欢赛马，可是尽管他在战场上攻无不克，赛马场上却屡赌屡输。这一天，田忌赛马又输了，回家后闷闷不乐。孙膑听说后，就对他说：“下次赛马时，你把我也带去，我或许能帮你把输掉的金子赢回来。”

又一次赛马的日子到了，孙膑随田忌来到赛马场。孙膑了解到，赛马的规则是把马按奔跑的速度分为上、中、下三等，等次不同装饰也不同，每场比赛各家分别派出不同等级的马参赛，采取三赛二胜制。之后孙膑悄悄告诉田忌：“只要你按照我说的方法去做，保证能获胜。”田忌听后非常高兴，当即以重金作为赌注，主动邀请齐王进行比赛。齐王在赛马中从没输过，所以欣然接受了邀请。

比赛开始了，田忌按照孙膑的方法，用上等马鞍将下等马装饰起来，充当上等马，与齐王的上等马比赛。比赛开始后，只见齐王的好马一马当先，把田忌的马远远地甩在后面，齐王得意地开怀大笑。第二次比赛，田忌用上等马与齐王的中等马比赛，在观众们的喝彩声中，田忌的马超过了齐王的马，赢了第二场。决胜的第三场，田忌用中等马与齐王的下等马比赛，田忌的马又一次领先于齐王的马。结果二比一，田忌赢了。

齐王简直不敢相信眼前发生的一切，问田忌："你从哪里得到了这么好的赛马？"田忌这才如实告诉齐王，他得胜的原因并非马好，而是因为用了孙膑的妙计。齐王对孙膑很感兴趣，立刻召见了他。经过交谈后，齐王很欣赏孙膑的才能，便任他为军师，指挥全国的军队。从此，孙膑协助田忌，在与别国军队的战争中屡屡取胜。

武则天驯马

武则天是历史上有名的女皇帝。她才识过人，有胆有谋，民间流传着很多关于她的故事。

武则天刚被立为嫔妃时，封号为媚娘。一天，西域派来的使臣向唐太宗献了一匹烈马。这匹马性情桀骜凶悍，人称"狮子骢"。它进宫后，宫里的马夫谁也降不住它。唐太宗就下旨说，驯服"狮子骢"者，赏银千两。

重赏之下，必有勇夫。武将们纷纷上前，但都被"狮子骢"踢到一边。最后，有一位威猛的将军趁马没注意，猛地跃上马背。大家齐声叫好。谁知转瞬间，"狮子骢"双蹄腾空立起身来，把他狠狠地甩到地上。在场的人都惊呆了，再也没人敢上前冒险。

这时，一直站在唐太宗身边的武媚娘开口说："小女子愿意试一试。"大家听了都面面相觑。

唐太宗说："那么多男人都不行，你一个娇弱女子，怎么能降服得了烈马呢？"

武媚娘自信地说："请皇上赐给我三件武器：钢鞭、铁锤、匕首。"

唐太宗不解地问："它们有什么用？"

武媚娘果断地回答："如果马不让我近身，我就用钢鞭抽它；它不听话，我就用铁锤敲它；它要是还不服，想伤人，我就用匕首杀了它。"唐太宗见她态度坚决，就允许她去试试。

随后，武媚娘换了身男装，手执钢鞭，腰里插着铁锤和匕首，英姿飒爽地向马走去。"狮子骢"使劲地尥蹶子，高声地嘶鸣着。武媚娘不慌不忙，举起钢鞭"啪啪"打过去，那马一下子给打愣了。武媚娘见状，趁机抓住马鬃，飞身跃上马背。"狮子骢"不停地跃起腾空，扭动身体，想把背上的人甩下去。武媚娘一只手紧紧抓住马鬃，另一只手从腰间抽出铁锤，重重地打在马身上。"狮子骢"痛极了，顿时挫了威风，无可奈何地嘶鸣几声后，就只能任人摆布了。

全场掌声雷动。唐太宗高兴地夸赞武媚娘："你的确是个非凡的女子啊！"

李寄斩蛇

古时候，有一座叫庸岭的大山，山上有一条大蟒蛇经常伤害百姓。当地的县官昏庸无能，糊涂地听信了巫婆的话，每年八月初一都让老百姓选送一个十二三岁的女孩子送给蟒蛇，以求平安。

这一年，家家户户都早早地把孩子藏了起来。眼看祭蛇的时间就要到了，合适的女孩还没找到，县官不由得有些着急。忽然差役来报，说有个叫李寄的小姑娘主动报名去祭蛇。县官一听又惊又喜，连忙召见她。只见李寄瘦瘦小小，并没有什么特别之处。

县官问："你有什么要求吗？"

李寄说:“我要一条凶猛的狗和一把锋利的宝剑,再帮我准备一担用麦芽糖和炒麦粉做馅的米粉团子。”

县官惊奇地问:“就这些?”李寄点点头。

东西备齐后,李寄佩着剑,牵着狗,进山了。来到蟒蛇的洞穴附近,她把米粉团子悄悄地放到洞口,然后拍了拍身边的狗。狗“汪汪”地叫起来。洞里传来窸窸窣窣的声音,并冒出一股腥臭味。紧接着,一条巨蟒慢吞吞地露出了头。天哪,这蟒蛇的脑袋足有磨盘大,眼睛闪着阴冷的寒光,让人不寒而栗。

蟒蛇闻到了米粉团子的香气,就探过头去,大口大口地吞食起来,没两下,就把一担米粉团子都吞到了嘴里。可是,黏黏的米粉团子很难下咽,全堵在嘴里,把蟒蛇的牙齿都粘住了。

李寄挥挥手,狗就冲上前去,死死地咬住蟒蛇的脖子。蟒蛇疼得拼命地扭动身体,可是狗左腾右挪,死活不撒口。

这时,李寄拔出宝剑,一个箭步冲过去,用尽全身的力量把剑狠狠地插进蟒蛇的脑袋。蟒蛇痛极了,拼力吐出嘴里的米粉团子,然后“呼”的一下,从洞里蹿出来,张开血盆大口朝李寄猛扑过来。李寄灵敏地一弯腰,从蟒蛇的身下钻到它身后,然后挥剑朝它身上猛砍一气。蟒蛇又转身扑过来,李寄却灵活地躲开,并不停地用剑猛砍蟒蛇的脑袋。

几个回合后,蟒蛇终于没了气力,瘫倒在地,挣扎了几下,死了。

蜡油擒贼

有一天深夜,一群蒙面强盗偷偷地闯入王员外家,把所有的仆人都绑了起来,并凶神恶煞般地挥动着手里的凶器,逼问大家金银财宝藏在哪里。仆人们有的因为胆小吓得说不出话来，有的则面红耳赤装作哑巴不肯说。强盗头目不耐烦了，吩咐手下冲进内室，去把主人抓出来。

就在这紧要关头，一个女佣站出来说："慢！不要惊动主人。你们不就是想要金银财宝吗？我知道在哪儿。"

强盗头目问："你是谁？"女佣镇静地回答："我叫蓝姐，是专门管库房的。你们跟我来吧。"

强盗们一听，嘿嘿乐了。被绑着的仆人们都气愤地瞪着蓝姐。蓝姐对大家仇视的目光视若不见。她让强盗把绑着她的绳索解开，然后拿起桌上的一根蜡烛，带着强盗们向库房走去。来到库房后，蓝姐打开门，把金银珠宝一一指给强盗们看。强盗们立刻扑上前去，兴奋地抢掠财物。蓝姐举着蜡烛站在强盗们的身后，主动给他们照明。

将财宝洗劫一空后，强盗们满意地撤离了。蓝姐这才去叫醒主人。仆人们七嘴八舌地诉说了当时的情形，纷纷指责蓝姐贪生怕死，出卖主人。王员外气得牙根发痒，暴跑如雷。

面对众人的责骂，蓝姐却不急不躁地对主人说："员外，您不必着急。当时形势紧急，我主动带强盗去库房，是为了避免强盗伤害您和其他人。不过，趁他们抢财宝的时候，我已经在他们身上做了记号。"

王员外惊讶地问："什么记号？"

蓝姐笑着说："因为强盗们都蒙着脸，我无法辨认他们的相貌，所以我就故意举着蜡烛假装给他们照明，实际上偷偷把蜡油滴在他们的后背上。只要我们赶紧报告官府，凭着记号，就一定可以抓住他们。"

王员外喜出望外，赶紧报案。捕快们根据蓝姐提供的线索，很快就发现了正在逃跑的强盗，并将他们统统缉拿归案，丢失的财宝也都完整无缺地被追索回来。王员外对蓝姐感激不尽。

智斗御史

有一天下午，浙江钱塘吴山三茅书院里书声琅琅，学生们都在专心诵读。突然，大门外传来“御史大人到——”的喊声。接着，一顶八抬八轿停在了书院门口。轿帘打开，一个又高又胖的老头从里面钻出来。他是皇上派来的御史，今天特意到书院来巡视。

教书的先生们都慌忙从各自的书院里迎出来，恭请御史大人入内视察。御史大人昂首挺胸，在众人的簇拥下走进一间书房。

学生们纷纷停止诵读，谦恭地向御史大人行礼。但是，一个叫于谦的学生却目不斜视地照样捧着书在读。

御史大人的脸色一下子就沉了下来，但又不便发作，怕有失身份，于是挥了挥手。随从们赶紧上前，打断了于谦的读书声。于谦抬起头，镇定地看着御史大人，并没有像其他人那样起身行礼。御史大人强压怒火，说:“你读得很好，不过，我还想听听你讲得怎么样。现在，就请你上前来讲书，而且我要你跪着讲!”

在场的人都看得出来，这是御史大人故意惩罚于谦刚才对他的怠慢。只见于谦站起来，沉稳地上前，高声地说道:“大人让我跪着讲书可以，但我也要请大人跪着听讲!”

所有的人都愣住了。御史大人的脸色涨得像猪肝一样。他拿起一把戒尺，“啪”的一声，狠狠地折成两节，怒吼道:“放肆！小小年纪，竟敢如此无理!”

于谦脸上露出不屈的神色，不慌不忙地说:“大人，我要讲的是太祖高皇帝的大诰，即使大人不让我跪，我也不敢站着讲。但为了表示对皇帝的尊敬，在场的各位也都得跪下听。”

在场的官员们相互看看，谁也不敢不跪，都依次跪到了地上。御史大人知道自己被于谦捉弄了，可是事已至此，也只好暂且收起威严。只见他扭动着肥胖的身子，不情愿地跪了下去，一直听于谦讲完。

于谦让御史下跪的事情很快就传开了，人们纷纷称赞他不畏权势的勇敢精神。

竹筐扔父

孙元觉是春秋时期鲁国的一个大孝子。他十多岁的时候，跟着父亲和爷爷住在河南开封附近。他的爷爷年纪已经很大了，老得不仅不能帮家里做事了，而且还需要别人的服侍才能吃饭穿衣，而孙元觉对爷爷非常孝顺，常常将好吃的东西留给爷爷吃，总想着让爷爷过得舒服一点。可孙元觉的父亲却不这么做，他认为爷爷太老了，只能给家里增添负担，总想着让爷爷离开这个家。

有一天，孙元觉的父亲将爷爷放在一个旧的竹筐里，放在小推车上，准备将爷爷送到山上去扔掉。孙元觉知道了之后，非常难过，他求自己的父亲不要将爷爷扔掉，而孙元觉的父亲却骗他说："元觉，好孩子，你看你爷爷现在虽然还像是一个人，但是你不知道，人老了又不死会变成妖怪，所以趁现在我们将你爷爷送到山上去，免得将来出来害人。"孙元觉见父亲不愿让爷爷留下来，就决定跟着父亲一起上山。他父亲问他为什么要跟着去，孙元觉说："我不知道，我只想跟着你上山去。如果你不让我跟你去，我就不让你走。"说完就站在小推车前挡住去路，他父亲没有办法，只好同意他跟着去。

一路上，孙元觉看着爷爷心里非常难过，而爷爷因为年纪太大了，已经没有力气反抗这一切，只能默默地承受着，但却从混浊的双眼中流出了一行眼泪。孙元觉看着爷爷痛苦的样子，心里暗暗下决心，一定要想一个办法让自己的父亲明白自己的错误，将爷爷带回家去，可自己要想一个什么样的办法才能让父亲明白呢？孙元觉十分着急，眼看着离家越来越远了，孙元觉还没有想出一个好办法，只能跟着小推车一个劲地往前走。当他们走到了一个偏僻荒凉的山沟时，孙元觉的父亲将爷爷从小推车上抱下来，放在地上，又将刚才装爷爷的那个旧竹筐也丢在了地上，然后推着小推车，转身就要离开，根本就没有看一眼被自己扔在地上的父亲，而孙元觉看着父亲的这一切举动，没有再说什么，只是默默地看着。当他看见那个被扔在地上的旧竹筐时，突然灵机一动，一个好主意出现在他的脑海里，他马上上前去将那个旧竹筐捡了起来放在小推车上。他父亲说："这个旧竹筐你捡起来干什么？没有用了，丢掉吧。"孙元觉说："不，这东西将来还有用，我一定要留着。"他父亲奇怪地问："一个旧竹筐能有什么用？还是将来才用，你到底想用来干什么？"孙元觉看着自己的父亲，慢慢地说："等你将来老了的时候，我也用这个竹筐来装你，然后就像今天这样将你扔在山上。"他父亲一听非常生气，一扬手就要打孙元觉："你这个小畜生！我辛辛苦苦将你养大，老了你不好好服侍我，反而想将我扔掉，你简直太可恶了！我今天非好好教训教训你不可！"说完就要打孙元觉，孙元觉大声地说："你是做父亲的，你的做法我都会跟着你学的，你今天可以将爷爷扔在这里，为什么将来我就不能将你也扔在这里？"他父亲一听这句话，一下子愣在那里，半天也说不出一句话来，儿子的话就像是一剂清醒剂，他猛然醒悟，意识到了自己今天的做法是多么的残忍和无知。两行眼泪一下子就流了出来，他马上跑到爷爷面前，一下子跪了下去，抱着爷爷放声大哭。过了一阵子，孙元觉的父亲将爷爷轻轻地抱上了小推车，转身推着车回到了家里。

从此以后，孙元觉的父亲对爷爷关怀备至，常常对爷爷问寒问暖，十分小心周到地服侍着爷爷，一直到爷爷最后去世。大家认为孙元觉不仅自己孝顺老人，而且还将自己的父亲也带动了起来，让他也成为一个孝顺老人的人，实在是了不起。

浮在水上的皮球

文彦博是北宋时期的一位著名的宰相，他从小就足智多谋，善于动脑解决难题，所以得了个"小神童"的称号。

有一次，喜欢踢皮球的文彦博和自己的小伙伴们在路边玩皮球。大家你来我往，争来抢去，踢得十分尽兴。就在这时，文彦博将皮球一脚踢起来，只见一名小伙伴高高地跃起，使劲用头将球向自己的这一队顶过来。皮球猛地向上一冲，在空中划过一个漂亮的抛物线之后，就向路边的树上落了下去。在大家的惊呼声中，皮球很不巧地落进了路边大树的空洞里。大家马上跑到了大树面前，望着大树，有的小朋友很勇敢地爬上了大树，准备从上面用手将皮球掏出来，可是由于小孩的手太短，掏了半天，也没有办法够着落入树洞的皮球，只好放弃了这个办法。有的小朋友见用手掏不出来，就决定去找些长的竹竿之类的东西来掏。将晒衣服用的竹竿拿来以后，谁知道这树洞不是直直的一个洞，里面还有些弯曲，直直的竹竿根本就没有办法碰到那个皮球。这可怎么办呢？孩子们全都没有主意了。

这时，从前面来了两个大人，正一边谈话一边向这里走来。孩子们赶紧跑过去求救，想请两个大人帮忙把球拿出来。这两人见小孩子们都望着自己，就答应了帮忙，可是他们看着那个又黑又深的树洞，也想不出什么好办法来。就在大家不知该怎么办才好的时候，一直在旁边看着树洞想办法的文彦博突然想到了一个好办法。

他告诉小伙伴们说："我有办法啦！现在我们都回家去拿些盆子

和水桶来，然后装上水，将水都倒在这个树洞里，皮球就会从水里浮起来，这样就可以将球拿回来了呀。”小伙伴们一听认为有道理，于是都纷纷回家去取东西。当大家倒了好几桶水进树洞之后，树洞里还是没有什么变化，大家就觉得这个办法可能也不行，而文彦博看了看大树的周围后说：“放心，用这个办法一定行的。只是这棵大树太大了，洞也比较深，需要更多的水。你们看，这树洞周围没有漏水出来，这就说明水都在树洞里装着呢！所以，大家还要多倒一些水进去才行。”小伙伴们都知道文彦博很聪明，他说的方法一定不会错，于是又赶紧去打水来倒，就这样倒了好几趟之后，渐渐地那个球开始浮上来了。当趴在洞口观察的小孩高声叫道“看见啦，我看见皮球啦”的时候，树下的伙伴们都欢呼了起来，在树上的小孩说：“不过我的手还够不着，还要再倒点水才行。”看到胜利的小孩们又赶紧将提来的水递了上去，又倒了两三桶之后，在树上的小孩说：“行啦，我拿到皮球啦！”大家都高兴地叫了起来。在文彦博的帮助下，大家又可以踢皮球了。

当大人们问文彦博怎么会想到这个主意的时候，小彦博说：“我当时想那个皮球很轻，如果放在水里一定会浮起来，而那个树洞似乎就像一个大水桶，只要装水进去不漏出来，那落在里面的皮球就肯定会浮起来，所以我就用这个办法试了试，结果还真的办成了。”听了他的话，大家都称赞文彦博真是善于观察事物、肯动脑筋！

六个梨

孔融是东汉时期的文学家，从小聪明过人，乖巧懂事，而且非常有礼貌。孔融让梨的故事充分说明了他尊老爱幼的好品德，也更说明了他聪明机智的本领。

孔融六岁的时候，有一天，他正在书房看书写字，忽然见家里的老管家来叫他，说是家里来客人了，他父母让他去拜见客人。孔融问老管家："老管家，今天来的客人都是些什么人呀？"老管家笑着说："是你的大伯父和大伯母，还有你的六个堂兄妹呢。"孔融高兴地说："是吗？我还从来没有见过我的大伯父大伯母呢，更别提那六个堂兄妹了，咱们快点去吧。"说完就兴奋地朝客厅跑去。

当孔融来到客厅时，只见自己的父母正陪着两个大人在喝茶聊天，旁边还有六个和自己年纪大小差不多的小孩，这应该是自己的大伯父、大伯母以及堂兄妹了。孔融赶紧上前去给大伯父和大伯母行了礼，然后再和那六个堂兄妹打招呼。大伯父和大伯母见孔融小小年纪，却很有礼貌，都很高兴，大家在一起说着话，聊着天。孔融的大伯说："我刚回来的路上就听人说起你的小儿子很聪明，而且很懂礼貌，小小年纪就懂得让梨的道理，不简单呀，是不是这个小孩呢？"孔融的父亲笑着说："是的，就是这个小孩。"孔融的大伯看着孔融笑着点点头。正在这个时候，孔融的母亲叫丫环端了一盘梨子出来给几个小孩吃。当她正准备将梨子分给小孩们时，孔融的父亲却叫住了她，然后转过头来对孔融说："儿子，现在这里有六个梨，你要分一分，记住，你的六个堂兄妹每个人都要分到梨，但还必须有一个留在盘子里，你看怎么分呢？"这个问题一提出来，大家都开始想办法，可六个梨分给六个人，还必须有一个留在盘子里，这可难办呀。大家想了半天也想不出应该用什么方法才可以将梨分好。

孔融望着六个梨子，一时也没有想出什么好办法。他大伯说："这个问题可太难了，别说是一个六岁的小孩，就是我们大人也不一定知道该怎么分呀！我看，算了吧，别太为难孩子了。"孔融的父亲见儿子半天也没有回答上来，也觉得这个题目对儿子来说的确太难了，准备让儿子放弃，可是孔融却说："请等一等，我再想想。"这时孔融的六个堂兄妹望着梨子也没能想出办法来，大厅之上一下子安静了下来。又过了一会儿，只见孔融突然笑了起来，他走到母亲面前将装梨子的盘子端了过来，然后给五个堂兄妹一人一个梨，这样盘子中就还剩下一个，但是还有最小的那个堂妹没有分到梨子，小姑娘的嘴都翘得高高的了。大家看着孔融，看他还有什么说的。孔融没有说什么，只是将那个梨子和盘子一起端给了堂妹，然后看着自己的父亲说："您看，我完全按照您的要求把梨子分完了。"大人们都一起鼓起掌来，父亲笑着对儿子说："好孩子，你能讲一讲能这么分的道理吗？"孔融笑着回答道："六位堂兄妹，六个梨，这表示每个人有一个，只要我在盘子里剩下一个，连盘子一起给堂妹不就可以了吗？"

大家听了点了点头，高兴地笑了起来，大伯更是称赞小孔融聪明过人，将来必定会成为有用之人。孔融的父母听了都开心地笑了。

长毛的肉

春秋时期，晋国的晋文公是一个喜好美食的人，所以他招揽了很多有名气的大厨给他做各种美味的食物，而晋文公喜欢新奇的口味，所以给他当厨师就必须是非常有头脑的人，能常常创造一些新口味来满足晋文公的喜好。

有一天，厨师新做了一道烧烤的肉食给晋文公食用，当侍从将这道肉食端上来时，老远就闻到了香味的晋文公不禁非常高兴，想着大老远就闻着这香味了，这肉的味道肯定差不了。当这道菜放在晋文公面前时，晋文公立刻拿起了小刀准备切割烤肉尝鲜，可是，正当晋文公准备下刀的时候，一下子就愣住了，只见那块烤得香喷喷的肉上面居然有好几根毛发，让人见了就恶心，一点食欲也没有了。这可把晋文公气坏了，他立刻命令侍卫将厨师给叫来问问清楚，这到底是怎么一回事。

侍卫来到准备饮食的厨房对厨师说:“快点跟我来,大王叫你去问话呢。”厨师见侍卫的脸色很不好,一下子变得十分紧张,不知到底发生了什么事。他试探着问那名侍卫,那名侍卫不耐烦地说:“我不知道,我只知道大王令我来带你过去问话,快点走,啰唆什么?”厨师只好硬着头皮跟着那名侍卫去见晋文公。

来到晋文公面前,晋文公非常生气地对厨师说:“你好大的胆子,难道想害死我吗?为什么在这块肉上面有这么多的毛发,真是岂有此理!快说,这到底是怎么回事?”厨师一听吓了一跳,想自己刚才做好这道菜的时候,明明是干干净净交给那名送菜的侍卫的,怎么会有这么多的毛发粘在上面呢?可是现在大王正在气头上,如果自己现在申辩的话,大王一定听不进去,得用一个巧妙的方法来为自己辩解。这名厨师想了想之后,一边叩头一边说:“大王,臣该死!臣居然将这么不干净的食物给您送了上来,实在是罪该万死。上这道菜给大王食用,臣有三条大罪,请大王定罪。”晋文公一听觉得有点奇怪,怎么会有三条大罪,自己只知道上了不干净的饮食这一条大罪呀?这可得好好听听其中的原因,于是晋文公说:“好,既然你认为自己有三条大罪,那么就好好说说,有哪三条大罪吧。”厨师叩了叩头说:“首先,臣将刀磨得比最锋利的宝剑还快,切得了肉,却切不了这肉上的毛发,这是第一罪;其次,臣用木棍将肉穿起来上调料的时候,居然没有看见肉上的毛发,这是第二罪;最后,臣将这肉放在火上仔细烧烤,将肉块烤得香脆油亮、香味扑鼻、皮酥肉脆的时候,居然没有将这肉上的毛发给烧掉,这是第三罪。因为这三条大罪,都是臣的过失,所以请大王治臣的罪吧,不过,大王一向以贤明著称,请在治臣的罪之前,看看有谁和臣有过矛盾或是有什么人对臣不满吧。”

听了厨师的一席话,晋文公冷静下来仔细一想,觉得厨师说的话很有道理。如果这肉上的毛发是先前就有的,在经过厨师这番摆弄之后，肯定早就没有了，怎么会出现在已经弄好的东西上呢？这其中一定有什么名堂。于是，晋文公沉下脸来，用十分严厉的眼光看着手下的那些侍卫，问道："这究竟是怎么一回事？还不快快给我说出来！"手下的侍卫们全都没有吭声，只见刚才端菜来的那名侍卫脸上一阵青一阵白，汗水正慢慢地从脸上流下来，腿也有点发抖。晋文公见状心里明白了几分，用手一指："你，出来！"只见那名侍卫一下子就跪在地上，连连叩头，却一句话也说不出来。晋文公问："是不是你做的手脚？快说！"那名侍卫叩着头，一个劲地求饶命。晋文公命人将这名侍卫拖出去惩罚了一番，然后对厨师说："刚才差点错怪了你，让你受惊了，不过你挺聪明的，居然能用这种方法为自己辩白，真是很有头脑啊！我要好好地奖赏你！"然后奖给这名厨师许多金银和布匹，厨师高兴地叩头谢过晋文公就回去了。

聪明的女孩

在春秋时期的齐国京城，有一个名叫婧女的小女孩。她从小聪明过人，孝顺父母，尊老爱幼，是一个人见人爱的小姑娘。她的父亲是一个很老实本分的商人，一家人在京城生活得和和睦睦，开开心心。

有一次，齐国由于连续两年风雨失调，造成了农田歉收，粮食供应也比以前少了许多。老百姓的生活也是大不如前了。因此，婧女的父亲十分着急，就决定第二天去祭祀名山神水，希望来年能风调雨顺，让大家都能过上好日子。这本来是一件好事，可惜就在他祭祀神灵回家的路上却闯下了杀头的大祸。

原来，婧女的父亲祭祀之后，因为心里很难过，就多喝了一点酒，结果喝醉了。当他醉醺醺地往家里走时，经过了一棵大槐树。由于他走路摇摇晃晃地，不小心撞在了树上。如果是其他的树就不会出什么问题，可他撞的是齐国国君最喜爱的一棵大槐树。就因为齐王太喜欢这棵树了，所以还专门在树旁立了一块牌子，上面写着："碰撞槐树的人必须接受处罚，损伤了槐树的人则处以死刑。"而这天婧女的父亲不仅碰撞了这棵树，而且还很不小心地将树皮给撞掉了一块。这一下可不得了了，看守槐树的人立刻将他抓住送到了官府，官府依照齐王的规定将婧女的父亲判了死刑。

消息传回家里，婧女一家都被吓坏了，婧女的母亲更是大哭起来。如果丈夫被杀，那么一家人可怎么生活下去呢？婧女也被这个消息吓了一跳，但她很快就冷静下来。她知道现在不是哭的时候，必须想办法救自己的父亲才行。想来想去，婧女想到了齐国的宰相晏婴。晏婴一向爱护百姓，关心百姓的疾苦，自己去求晏宰相救自己的父亲应该可以做到。于是，婧女立刻来到宰相府，请求晏婴能够接见自己，救救自己的父亲。晏婴很快接见了她，问清楚情况之后，晏婴也觉得不太好办，因为齐王为槐树立牌子的事情已经过了有一段时间了，百姓们都遵守着这个规定，现在自己去说情不知道行不行，可他在听了婧女为父亲辩解的理由后，决定立刻将婧女带进王宫，让她亲自去求齐王。

晏婴带着婧女到了王宫。齐景公很奇怪地问："宰相有什么紧急的事情吗？这么晚了还进宫来见我？"晏婴对齐景公说："今天我接待了一位很特殊的客人，现在将她带来了，请大王见一见。"齐景公很意外地说："是什么特殊的客人，需要宰相这么急着让我见呢？既然如此，就请她进来吧。"于是晏婴将婧女带到了齐景公的面前。齐景公看着这个小姑娘问道："你是谁？为什么宰相说你是一个特殊的客人呢？"婧女叩了个头对齐景公说："我是婧女，今天是为我的父亲向大王来求情的。我父亲今天因为去祭祀神灵，希望能保佑我国来年风调雨顺五谷丰登，回来时碰坏了大王喜爱的槐树，结果被判处死刑。我就快成孤儿了。我来求情，一是为我的父亲，二是为大王和齐国的威望而来。”齐景公疑惑地问：“你父亲犯了法被处罚，这与我和齐国的威望有什么关系？”婧女说道：“今天我父亲被处死，消息传开了，其他国家的人就会认为齐王是一个看重财物、不重视人的生命的人，就会看不起齐国，而齐国的百姓因为这件事会认为大王只看重自己喜爱的东西，而不重视老百姓的生命，不会真正地为齐国出力办事。这样一来，大王和齐国的江山就会很危险了，难道这不是和大王有关和齐国有关吗？”婧女的一席话说得齐景公哑口无言，低头想想，婧女说得确实有道理。这时，晏婴也在旁边说：“是啊，大王一心要称霸天下，如果这件事处理不好，就会让天下有才能的人远离齐国，而大王的雄心又怎么能实现呢？请大王三思啊！”齐景公听到这里，立刻对手下说：“赶快传命令下去，将槐树旁边的牌子撤下来，再将婧女的父亲放了。”然后对婧女和晏婴说：“这件事是我没有做好，没有想到这么多，多亏你们的提醒才让我这个错误没有继续下去。”

婧女凭借自己的勇敢和机智，不仅将自己的父亲救了回来，还让齐景公明白了不能重物轻人的道理，为齐国的百姓做了一件大好事。

唐伯虎赖阁老

唐伯虎虽是才子，可他为官很清廉，这年快到年关了，身边却没银子可用。于是唐伯虎心想，当朝阁老和我住得很近，就从他那里弄些年本吧！略加思考，就提笔写了一副春联，差人给阁老送去。阁老听说是唐伯虎赠送对联，非常高兴，赏了来人三十两银子。

打发唐府佣人走了以后，阁老打开对联仔细观赏，只见上面写着“今年真好晦气”。每个字都有碗那么大，下面写了芝麻大小的“全无”二字，阁老眼花没有看见。他心想：“‘今年真好’倒不错，怎么又加个‘晦气’,这不是说今年真好晦气吗?好个大胆唐伯虎,怎么大年上门骂我,我还赏给他银子,岂不欺我太甚。干脆去面君,叫皇上重重惩罚他。”

于是,阁老拿了对联上了八宝金殿,给皇上叩头奏道:“吾皇做主,大胆狂徒唐伯虎,无视皇上,辱骂朝廷命官,太不像话了。”皇上问:“到底是怎么骂的?”“他给我写了副对联,人家都说些吉利话,他骂我倒霉,请您过目。”皇上接过对联一看,所说不假。心里想:唐伯虎这就是你的不对了,大年临近你怎么写这样的对联给阁老?于是派人宣唐伯虎上殿。

唐伯虎来到金銮殿,说:“万岁,何事宣我?”皇帝说:“你怎么无缘无故写对联骂阁老?他是朝廷大臣,你要尊重他才是。”唐伯虎说:“阁老一定误解了,我哪能骂他。”“这不是你写的朗朗大字吗?还敢狡辩。”随手递给了唐伯虎。“这对子不会有错的,我这‘今年真好,晦气全无’,怎么是骂人呢?”皇帝说:“哪有‘全无’两字。”“这不有两个小一点的字吗?”皇帝一看果然有两个较小的字“全无”,说:“那么一丁点就算啦?”“大字算字,小字不算字吗?要写一封文书必须一张纸写一个字吗?”唐伯虎这话问得皇帝闭口无言,唐伯虎又转问阁老:“阁老,我好意给你写了副对联,你倒说我骂你,还告到皇上这里,你说咱们怎么办吧?”皇帝一看,事情不大好办,就推脱说道:“你们的事,你们自己办吧。”唐伯虎就拉着阁老来到金殿外,悄悄地说道:“这事坏了我的名声,本来我不能与你善罢甘休,因为马上要过年了,我也不给你过多的纠缠,你就赔偿三千两银子吧。”阁老没法,只好拿了三千两银子给他。

智擒人贩

王采是北宋时期开封一个大户人家的孩子。他从小就聪明机智，而且胆大心细。他五岁时做了一件轰动开封城的事情。

那是在元宵节的夜晚，五岁的王采由家里的一位老仆人带着上街去看花灯。小王采见到街上人山人海，到处都是好看的花灯，好吃的小吃，好玩的小玩意，觉得开心极了，一个劲地叫老仆人带着自己到处走，看到好吃的还要停下来吃一点。当他们来到一个卖糖葫芦的小吃面前时，王采嚷着要仆人给自己买一串来吃，于是，仆人将王采从肩上放下来，告诉他不要乱跑，然后就准备给他买糖葫芦。可是，当仆人买好糖葫芦低头准备给王采时，却发现小主人不见了，这一下可把仆人吓坏了，立刻大声地呼喊着王采的名字，可是，街上的锣鼓声和人们的欢笑声把仆人的喊声完全淹没了，根本听不见。王采到哪里去了呢？

原来，当仆人准备给王采买糖葫芦时，小王采转头去看街上走来的舞狮的队伍，正看得专心，突然感觉自己被人举到肩上了，他以为是自家的仆人就没有在意，继续开心地看着舞狮队表演，可看着看着，王采感觉不太对头，因为这个举着自己的人似乎不太愿意去热闹的地方，尽找一些人比较少的地方走。他低头一看，发现是一个不认识的人正带着自己在走。王采吓了一跳，想回头找自己的家人，却看不见一个熟悉的人，而其他的人正忙着看节目，根本没有人注意到自己。王采知道自己遇到了人们常说的那种专偷小孩的人贩子，本想大声呼救，可周围的人太吵了，自己声音又小，万一没有人听见自己的喊声，反而惊动了人贩子就不好了。王采想了想，想起自己的帽子上嵌了一颗夜明珠，那是非常值钱的，于是就将帽子先偷偷取下来藏在衣服里，接着又将母亲在自己衣领上插的那枚避邪用的金针取了下来，悄悄地别在了人贩子的衣领上，然后就顺势趴在那个人贩子的身上，假装睡着了。

那个人贩子外号叫“金雕手”，意思就是说他偷小孩的手段很高明，就像是天上的雕抓猎物一样，一抓就跑不了。他就是看见王采的穿着像是富贵人家的小孩，所以就盯上了他。当仆人准备给王采买糖葫芦的时候，他一下子就出手将王采背在肩上带走了。一路上他走的都是人流相对比较少的路。当他感觉肩上的小孩似乎睡着了时，就放下心来，放慢了脚步，准备出城之后就找人将这个小孩卖掉。

当金雕手带着王采快走到城门时，前面过来了一群人簇拥着一顶轿子，金雕手立刻往路旁让了让。就在轿子从金雕手身边经过时，本以为已经睡着了的王采突然大声叫了起来：“大人，救救我。”金雕手被这突如其来的声音吓了一跳，一看轿子停住了，他怕被人抓住，立刻将王采扔在了地上，转身又向城里跑去，混入了街上的人流中，而那顶轿子停下之后，下来一个人，是一名太监，他朝地上的王采走来一看：“咦，这不是王家的小孩吗？”王采听见有人说出自己的家门，就抬头看了看，原来这是常来自己家的那位太监，还曾经抱着王采玩过呢。那名太监问王采发生了什么事，王采就把自己被人贩子带走的事情说了一遍。那名太监听了对王采说：“我现在正着急回宫向皇上报告一些事情，你就跟我一起去宫里吧。等我把事情处理完就送你回家，好吗？”王采高兴地答应了。

当太监回到宫里向神宗皇帝报告了事情的处理情况之后，又将王采的事情说了一遍，神宗听了觉得这小孩非常不简单，于是就让太监将王采带了上来。神宗皇帝仔细问了问事情的经过，王采一一地向神宗说了一遍，并且还说：“如果皇上现在派人搜查一个衣领上插金针的人，就可以找到这个人贩子。”

于是皇上命令在全城进行搜查，看能不能找到一个像王采说的那样的人。结果，士兵们还真从人群中搜出了金雕手，他当时正混在人群中，一点也不知道自己已经被王采给作了记号，还以为自己没事呢。

人贩子被抓到后，神宗皇帝更加喜欢王采了，给了他许多好东西，还专门派人将王采送回了家。当王采回到家里时，家里人意外极了，他们正在为王采失踪而焦急不安呢，没有想到王采居然从人贩子手里逃了出来，而且还见到了皇帝抓住了人贩子。大家对王采的聪明冷静非常佩服，一家人终于又开开心心地在一起了。

最慢的马

成吉思汗是我国历史上一位伟大的人物，他率领的蒙古军队打起仗来战无不胜，攻无不克。他建立的元朝是中国历史上拥有最大版图的王朝，横跨了亚欧大陆，以至于当时的欧洲人一谈起蒙古帝国都是谈虎色变，十分的害怕。

小时候，成吉思汗就是一个敢想敢干的人。

有一次，成吉思汗的父亲统治的部落打了一个大胜仗，得到了许多的财宝和牛羊。他的父亲十分高兴，决定举行一个盛大的赛马会，不过却出了一个十分古怪的赛马规则，那就是赛马不以最先到达的为胜，而是以最后到达终点的为胜利者。当这个奇怪的规定颁布之后，赛马会就出现了一个十分好笑又古怪的场面，只见那些参加赛马的骑手们一个个使劲地将马勒住不让马儿往前跑，那些马儿一匹匹地在那里磨磨蹭蹭地挪动着，有的在原地踏步，还有一匹马被自己的主人勒得难受，竟然开始往后退着走了。

看见这样的场面，大伙开始还觉得十分好玩，都在那里笑着评论着，可是过了大半天之后，大家开始觉得不好玩了，因为那些参赛的骑手最快的也只是走了不到十分之一的路程，而最慢的那个就是被主人勒得退到起跑线之外的那匹马了。眼看着时间渐渐过去，太阳也开始西沉了，这场赛马比赛似乎用的时间太久了，而且离结束看样子还早得很呢。这时，成吉思汗的父亲开始后悔自己一时兴起而制定了这样一个规定，可是，自己总不能出尔反尔吧？这可怎么办呢？于是，成吉思汗的父亲对手下的那些观赛的人说："你们谁有办法让这场赛马比赛在不违反我刚才的规定的情况下，尽快地结束呢？如果有谁做到这一点，我是会重重地奖赏他的。"可是那些大臣们你看看我，我看看你，全都没有回答，这可让成吉思汗的父亲有些着急了："怎么，难道你们全都没有办法吗？难道要我自己来改变自己的规定吗？真是一群没用的东西。"见大王生气了，大臣们更不敢说话了，场上的气氛一下子就显得十分的尴尬。这时，年仅十二岁的成吉思汗起身来到赛马场上，对监督赛马的监督官员说了几句话，只见那名负责监督的官员对参赛的选手们说："现在我命令所有的赛马手全部都回到起点，比赛重新进行。"只见那些骑手们纷纷骑着马回到了起点，跳下了马。在一阵纷乱之后，骑手们重新开始比赛了。这一次，只见大家都拼命往前跑，生怕自己落在了后面，而刚才那名将马儿勒得往后退的骑手更是拼命往前赶。只见赛场上你追我赶，尘土飞扬，比赛的紧张刺激一下子就表现得淋漓尽致了。在旁边看的人们也一起呐喊着为骑手们加油，整个赛场简直都快沸腾了。终于，那名将马勒得向后退的骑手率先冲过了终点，大家一齐鼓起掌来，而那匹最后到达终点的马也赢得了冠军的称号。

成吉思汗的父亲觉得很奇怪，就问成吉思汗究竟是用了什么样的办法，让这场赛马比赛如此精彩而又没有违反自己当初定下的规矩呢。成吉思汗笑着说："这好办呀！我让所有的骑手都换了一个位置，都骑上别人的马，这样一来，所有的骑手都会拼命让自己骑的别人的马第一个冲到终点，这样就能保障自己的马能慢一点到终点。"成吉思汗的父亲听了以后频频点头，笑着说："不错，不错，这的确是一个好办法，没想到这么多大人都没有想到这个办法，你一个小孩却能想到，真是难得呀！"

从此以后，成吉思汗的父亲就更加器重他了，并用心将成吉思汗培养为自己的接班人，而成吉思汗也没有辜负自己父亲的期望，最终使蒙古军队成为横扫欧亚的铁骑军，建立了强大的元朝，成为一代天骄。

过 河

明代著名的画家、戏曲家和文学家徐文长不仅从小聪明伶俐，而且善于观察事物，开动脑筋解决问题，所以深受大家的喜爱。他的伯父尤其钟爱他，还常常出题目来考他，而徐文长每次都能从容地找到解决的方法。

有一次，徐文长的伯父给他出了一道难题。他告诉徐文长和他的小伙伴们，要送一份礼物给他们，但前提是必须想办法提着两个装满了水的木桶，通过河上那道竹桥，到达对岸才行。小伙伴们非常高兴有礼物可以拿，而两个木桶也不算太沉，提着它过桥应该没什么问题，所以大家觉得礼物一定可以顺利拿到。其中一个小伙伴最先跳出来，嚷道："我先来，我先来！"只见他两手提着水桶跑到河边，踏上了竹桥，可是刚走了几步，就觉得不行了。原来，这座竹桥几乎是贴着河面修成的，平时人们在上面行走时，竹桥会往下沉一些，但不会浸入水中，现在因为提了水桶增加了重量，原先很容易通过的竹桥现在却沉到了水面下，人走在上面不仅会弄湿鞋袜，而且非常的危险，根本没有办法顺利通过。大家这才发觉没有想象中那么简单，好几个小孩都试了试,可没有一个成功的。徐文长站在旁边仔细地观察,过了一会儿,他来到伯父的面前说:“伯父,我来试试。”说完,他提着两个水桶来到河边,先将左手的桶放到河里,水桶没有沉下去,他又将右手的桶放到河里,然后用一根绳子拴住两个水桶,自己牵着绳子,靠着水的浮力将水桶拉着过了河。伯父见了频频点头,小伙伴们全都大声地欢呼起来。大伙跟着跑过河,围着伯父嚷着要礼物,伯父笑着对徐文长说:“嗯,不错,不错。看见那边靠着大树的竹竿没有?礼物就在那根竹竿上呢。不过呢,我可是有条件的,那根竹竿既不能横放下来,也不能找东西爬上去拿。如果你们能做到,礼物就是你们的了。”大伙跑到竹竿前一看,这竹竿有三四米高,顶端拴着一个红布袋,小孩们一个个在那里使劲地跳呀蹦呀,可怎么也够不着那个布袋子,大家不由得有些泄气了,徐文长一时也没有了主意。不过,当他仔细观察了一下周围后,眼睛一亮,有了一个主意。只见他双手直直地举着竹竿,然后朝着附近的一口井走去,到了井边,他将竹竿从井口放下去,一直放到能拿到竹竿顶部的布袋时,很轻松地就将这个布袋拿到了手中,伙伴们又是一阵欢呼声:“拿到啦,拿到啦!”徐文长也笑嘻嘻地对伯父说:“您看,我拿到了,是不是符合您的要求呢?”伯父高兴地点着头:“好孩子,你能这么开动脑筋解决问题,实在是不简单!好啦,现在礼物归你们啦!大家去玩吧!”伙伴们开心地簇拥着徐文长跑开了,伯父看着远去的徐文长,觉得十分欣慰,对身边的家人说:“这孩子小小年纪就如此会观察事物,将来的成就不可限量啊!”

果然,徐文长长大之后,成了十分有名的文学家和画家,创造出了许多优秀的作品。

合井妙计

曹操是三国时期著名的军事家，从小聪明好学，并善于开动脑筋找一些特殊的方法来解决难题。

有一次，在曹操居住的谯郡发生了一件事。赵家的父母过世不久，两兄弟就准备分家过日子。做哥哥的一向就很狡猾，常常欺负老实的弟弟。现在要准备分家产，这个哥哥为了霸占家产，想了不少坏主意。他装着难过的样子对自己的弟弟说："好弟弟，现在父母都已经过世了，我们也长大了，不可能再住在一起了，我们还是把家分一下吧。你就要那边那几间大房子，还有旁边那几块好一些的田地吧。我就拿那个离得远一点的漏雨的小房子，要那块不好种庄稼的田地好了。这样你就可以娶个好媳妇，过上好日子。我呢，就一个人孤苦伶仃地过到老吧，谁叫我是哥哥呢。"而善良的弟弟却马上回答说："这怎么可以？你是哥哥，你应该分好一些，你过得不好，我这个做弟弟的怎么能安心呢？何况你马上就要娶亲了，如果嫂子过来看到家里不好，一定会难过的。不行不行，还是你分大房子、好田地吧。"哥哥假惺惺地说："这怎么可以？我就不娶亲了，还是为你准备一下吧。"弟弟坚决不让，于是这个哥哥的目的就达到了。他对自己的弟弟说："好弟弟，真是谢谢你了，那哥哥就住那个大房子了，那边的土地也归我了。为了不让你过门的嫂子生气，你就不要再过来看我们了，好不好？因为你如果总是来找我的话，我怕你嫂子会觉得不方便，从此我们就各管各的好了。"弟弟为了让哥哥过好日子就答应了下来。

过了一段时间，这个贪心的哥哥连弟弟现在住的小屋和劣田都想侵占。他想干脆赶走自己的弟弟，决定把两家人共用的那口井给占了,这样弟弟没有水用,就只能离开这里,那时候留给弟弟的那一部分家产就可以是自己的了。于是,哥哥又找到弟弟说:“弟弟,你看,我结婚之后,家里的人就多了起来。为了公平起见,我看就把那口井也分了吧。我家的人多,就多分一点,你一个人过,就少分一点好了。”弟弟没有办法,只好同意了。只见这个哥哥拿来了一个卡子放在井口上,一边大一些,一边小一些,然后对弟弟说:“以后你就用小的这边,我们就用大的这一边好了。”可是,当这个弟弟拿来水桶准备打水时才发现,小的一边根本没有办法将桶放进去。弟弟没想到哥哥对自己这么坏,连水也不让自己用,忍不住哭了起来。正在这个时候,七岁的小曹操路过井边,准备去学堂上学,正好看见赵家老二在哭。曹操知道这老二一向十分忠厚老实,常常被人欺负。现在看他在井边哭,身边还放着一个桶,井口上却加了一个卡子,觉得奇怪,就过去问他发生了什么事。赵家老二就将事情的经过告诉了曹操。曹操一听十分生气,觉得这赵家老大太恶毒了,竟然这样伤害自己的弟弟,于是决定要帮助老二拿回属于自己的权利。于是,他想了一个办法,告诉赵家老二说:“二哥,我现在教你一个办法。待会儿看见你家老大来的时候,你就装作准备在这口井里解手。你大哥一定会阻止你,你就告诉他说,这口井太小了,根本打不了水,反正你拿着也没有什么用,不如将自己这边的井拿来当厕所算了。这样一来,你大哥一定会着急,他肯定会将这口井还原。然后你再说,自己的田地没有办法种好庄稼,肯定是施的肥不好,自己那个小房子没有办法养猪,干脆就在井里多解手,这样等肥料充足之后,自己才好种庄稼。你哥哥一定不会让你这么做,这样你就可以多分一点好田和大一些的房子了。”赵家老二一听,觉得这个办法不错,于是决定依照小曹操所说的来做。

果然,当赵老大发现自己的弟弟准备将这口井当做厕所来用时,十分着急,赶紧阻止弟弟,还对弟弟说:“好弟弟,你早说嘛!这样吧,这井我们不用分了,还是一起用吧!”赵老二摇摇头说:“算啦,我还是准备把这边井当厕所，这样我可以多准备一些肥料，给我的地多施肥，好让我能种庄稼。”赵老大着急地说：“哎呀，我把那边好的田分给你一块就行了，再给你一间大一点的房子。那间小房子你就可以养猪了，这样肥料就有了，地也有了，你千万别在这里解手呀！”

就这样，凭借着小曹操的聪明机智，赵家老二拿到了属于自己的东西，好好地教训了赵老大一次。

慈禧受辱相国寺

1900年8月八国联军攻陷北京。太后慈禧带着光绪和王公大臣仓皇逃到西安。她一边下令清军斩杀义和团，一边命李鸿章为议和大臣，签订割地赔款。丧权辱国的卖国条约讨得了洋人的欢心。北京城暂时平静下来。慈禧惊魂稍定便动身返回北京，途中她一时兴起要带光绪和众大臣到古城汴梁一游，顺便到古刹相国寺降香礼佛。

旨意传到开封，开封知府慌得手忙脚乱，立即张贴告示：圣上驾到，凡銮驾经过街道须用红毡铺地，门上挂彩；全城妇孺老幼皆要倾城出动，头顶明烛路旁跪迎；无论贫贱富贵，均按人头每人交白银二两以备为老佛爷慈禧进礼。如有抗命不从者严惩不贷。这一下可苦坏了全城百姓，百姓个个叫苦连天，只好到相国寺进香拜佛祈祷菩萨保佑免除这场灾难。

开封相国寺长老智清，五十多岁，侠肝义胆，机智多谋，想出一个好办法：他向知府请求，只要能免除全城百姓每人二两白银，他情愿向慈禧献出镇寺之宝。知府听了暗想：开封百姓食不饱肚，确实榨不出多少油水，智清若能把镇寺之宝献出有何不可？就顺水推舟答应下来。过了两日，慈禧的大队人马进了开封城。全城百姓跪迎路旁口称万岁。开封知府迎驾后，慈禧便乘八抬大轿径直朝相国寺而来。智清方丈身披红袈裟率寺内众僧跪在山门前迎接。慈禧下得轿来，见众僧跪地迎驾，忙说："自家子弟不必俗礼参拜，快平身回话。"慈禧为啥把智清和众僧称为自家子弟呢？原来她笃信佛法，自称是受命于天的老佛爷，所以她认为到相国寺等于串亲戚，对佛门的僧人皆称自家子弟。

慈禧落座后，智清忙跪地高念一声佛号说道："今日老佛爷驾临敝寺，真是蓬荜生辉，光耀佛门，现将镇寺之宝献上，请老佛爷笑纳。"

慈禧一听智清要给她献宝，满是皱纹的老脸顿时乐开了花。太监李莲英一挥拂尘走到智清面前说道："方丈惠心可嘉，太后特此恩准。快快将宝献上。"

智清听后，向身边一个僧人示意。稍时，只见两个壮健的僧人抬着一个红漆木桶放于太后面前。慈禧见珍宝如此沉重正在纳闷，只见智清走到慈禧面前说："敝寺开山一千多年，佛门鼎盛，众弟子得以安心诵经念佛普济众生全仗此宝庇护，今将此宝献给太后，望老佛爷珍爱。"慈禧听了十分欢喜，忙说："都是佛门弟子，老佛爷我岂能不珍爱！"李莲英对智清说："既是献给老佛爷的珍宝，何不快快揭开黄绫让老佛爷过目！"智清走上前去双手揭开黄绫，众人拭目一看，原来是满满一桶黄土，土中长着一堆姜芽，不由瞠目结舌。慈禧顿时大怒厉声喝道："智清，这是何物？"智清不慌不忙地跪在慈禧面前说道："禀老佛爷，这是一桶姜山。"

"一桶姜山"的谐音是"一统江山"。智清向慈禧奉献此物讥刺她垂帘听政，独揽大权，卖国求荣，使得江山破碎民不聊生。在场的大小官员想不到小小的智清方丈竟敢如此戏弄太后，都暗暗为他捏一把汗。开封知府早就吓得魂不附体，浑身像筛糠一样发抖。

慈禧心里虽恼却强装笑脸对智清说道："众弟子既然把此宝献给我，那我就不客气把它收下。不过此宝过重，离京路途遥远携带不便，暂留贵寺待日后再派专人将它运回京城。"慈禧嘴上这样说，可牙却咬得吱吱响。智清见慈禧眼含杀机却并不理会。

慈禧在左右的搀扶下来到大雄宝殿，她抬头见大殿门上方高悬着一块匾额，上面镶嵌着“古汴名蓝”四个金粉大字，眼睛一亮心想：真乃天赐良机，今日老娘就让你这秃驴死在眼前，便问：“智清方丈何在？”智清忙上前答话：“贫僧在此，老佛爷有何吩咐？”慈禧沉下脸来指着匾上的四个大字问道：“智清你知罪吗？”智清一看匾额，马上明白慈禧葫芦里卖的什么药，但他故装不知说道：“贫僧学识浅薄，请老佛爷明示。”没等慈禧开口，李莲英早知太后之意，立即上前喝道：“你这秃驴好大胆子，竟敢犯讳，来人，将这秃驴拿下请老佛爷发落。”

为啥说匾上的字犯讳呢？原来匾额上的“古汴名蓝”四个字就是“古城汴梁名寺”之意，佛经上把众僧居住的地方叫“伽蓝”，简称“蓝”。殊不知慈禧的乳名也叫蓝儿，按照封建礼教的规定，凡是帝王的名字不准民间擅自使用，如果与名字相同必须用其他的字代替，这叫避讳。可巧大雄宝殿匾额上的蓝字正犯了慈禧的名字，这岂不犯了弥天大罪？这时慈禧走到智清面前，假惺惺地说道：“弟子本是佛门中人，我本不愿加罪于你，可惜国法难容，因此地是佛门圣地，本宫不开杀戒赐你自裁，现大殿前有一放生池，你就投池吧。”

智清也不答话，整整袈裟对天遥拜之后走到放生池边，纵身跳进池内。慈禧看智清自裁，微微一笑正待起身，忽见放生池内爬出一个人来。慈禧以为是什么怪物，仔细一看原来是智清，她不禁大怒喝道：“大胆智清，竟敢违抗懿旨，来人……”没等慈禧说完智清早已水淋淋地走到慈禧面前说道：“贫僧岂敢违旨，贫僧刚刚走到奈何桥上被一个人拦了回来，无奈贫僧只好又回到阳间。”

慈禧哪里相信，她冷笑一声问道：“何人如此大胆。竟敢违抗本宫之命。”

智清答道：“禀太后，此人乃是先帝乾隆皇帝！先帝亲口所言此匾是他亲笔所题，与贫僧无关，故叫贫僧返回阳间。”

智清说得头头是道，慈禧心里也疑惑起来，她忙问道："既是先帝所题，为何没有先帝落款？"

智清答道："想当年乾隆盛世天下太平，黎民安乐朝臣皆服。先帝为体察民情多次南巡路过开封来本寺降香。他看本寺香火旺盛，众僧皆安心诵经念佛，一时兴致故御笔亲题匾额。只因先帝是微服出访故不便留名。"

慈禧听智清说得有根有据，不由半信半疑又问道："先帝既是微服出访你寺又怎知是他御笔呢？"

智清答道："本寺原先不知，后来先帝在太和殿召见河南巡抚时提及此事，巡抚告知本寺并嘱咐本寺将此匾高悬于大雄宝殿上方，以光耀千秋。"慈禧听了转头问开封知府："此话当真？"知府战战兢兢地答道："此匾确是先帝所题，开封府志上有记载，臣去取府志请老佛爷览阅。"

慈禧自觉没趣，挥一挥手说："不必啦，全都退下。"李莲英见主子进退两难忙解围说："方丈不要介意，刚才不过是老佛爷给你开个玩笑。"

智清又接着说："刚才在奈何桥头，先帝还说不知哪个不肖子孙竟和老祖宗开起玩笑来了，连寡人的御笔也不认识。"

慈禧明知是智清借先人之口辱骂自己，可又无言答对，一时搞得狼狈不堪。智清心想：今日当着朝臣和众人之面狠狠撕了慈禧的脸，也算是为开封百姓出一口气平了心头之恨，如再继续折腾下去，一旦弓弦崩断就不好收场了，不如给她个台阶下来。想到这里，智清就对慈禧说道："刚才先帝又嘱咐小僧让贫僧告之老佛爷，列宗列祖创业不易，他把蓝字赐予太后，要你上应天命下顺民心一统江山。"

慈禧明知智清话中有话也只好顺着台阶下，说道："本宫决不负先帝之望，今将御匾给贵寺留下，蓝字本宫带走永远留在身边铭记先嘱。"

慈禧嘴里这么说，可心里却像吃了苍蝇一样七上八下直翻腾。她万万没有想到，堂堂皇太后竟被一个小小僧人戏弄，早知如此何苦来汴京一游！就这样，慈禧拿走了相国寺大雄宝殿匾额上的“蓝”字，因此至今匾额上只剩下“古汴名”三个字了。

外黄小儿说服项羽

外黄小儿，是秦朝末年外黄县（今河南省杞县南）的一个13岁的少年，由于他机智勇敢地说服了项羽，从项羽的屠刀下救出了全城的百姓，一直被世人传颂，可惜的是，他没有留下姓名，后人只称他是外黄小儿。

秦朝末年，汉王刘邦和楚霸王项羽互相争夺天下。

一天，汉王刘邦派大将彭越等人袭击了楚军的运粮队，并乘机接连攻下了外黄等17座城池，还住进了外黄城，给楚军造成了极大的威胁。

项羽听了大怒，立即吩咐一位楚军大将守住成皋，自己领兵去攻打彭越。

项羽带兵攻打了好些日子，才把外黄城攻下来。城攻破了，彭越逃走了，可城里的老百姓却面临着一场灾难。

原来项羽对外黄城里的老百姓帮助彭越守城十分恼怒，进城后下了一道命令，要把全城15岁以上的壮丁全都抓起来活埋，以发泄自己的愤怒。

消息传开后，外黄的百姓非常惊恐，城内一片哭声，谁都想不出解救亲人的办法。就在这时，一个13岁的少年，挺身而出，走进楚军军营，要求拜见楚霸王。

项羽听说有个少年要见他，觉得很奇怪，就吩咐卫兵领他进来。

项羽见他眉清目秀，举止大方，便很喜爱地摸了摸少年的脸，柔和地问道："你小小年纪，来见我有什么事情吗？"

那少年对项羽说："外黄城的百姓，受了彭越的欺压，敢怒而不敢言，天天盼望着大王来救他们的性命，他们的心都向着你啊。哪儿知道，大王进城没有几天，城里纷纷传说，大王要把15岁以上的壮丁全都活埋。我以为大王是个非常仁慈宽厚的人，不会做出这样的事。而且，如果活埋了全城的壮丁，对大王你只会有坏名声，不会带来好处。所以请大王撤回这道命令，以安定民心。"

项羽一听，不由得发起火来，说："彭越压迫外黄老百姓，那完全是真的。可我领兵攻打外黄，老百姓为什么还帮助彭越打我？我就不信杀了城内的壮丁，会有什么坏处！"

少年又机智沉着地说："大王，外黄城的老百姓要是真的帮助彭越守城，那么你至少还要过一段时间才能进城。哪能彭越一走，就立即进城呢？可见，老百姓并不是要和大王作对。但大王要是活埋全城的壮丁，老百姓还有什么好讲的，只好等死了。不过，外黄城以外，还有许多城池，那里的老百姓听说大王活埋投降的百姓，都会引起惊恐，今后谁还敢开城门迎接你。即使你本领再大，攻占这些地方，也要花费很大的力气和代价。这难道不是对你没有好处，只有坏处吗？"

这些话真的讲到了项羽的心里，他担心外黄城以外的老百姓要是都把他当敌人，和刘邦一起来反对他，那样，他也就很难取胜了。

想到这里，项羽打消了活埋百姓的念头，笑着说："好孩子，你放心吧。我就算有一肚子的气，见了你这样伶俐的孩子，气也没了。我这就派你去传达我的命令：楚军赦免老百姓，不再伤害他们。"

外黄城的老百姓听了这个消息，奔走相告，都非常感激这个机智的少年，赞扬他不顾个人安危，勇敢地替老百姓讲话，说通了项羽，救了全城的百姓。

第一名

王僧虔是南北朝时期南齐的著名书法家，也是晋朝书圣王羲之的第四世孙，他的书法在王羲之的基础上又有发挥，被称为南齐王羲之。凡是能得到他墨宝的人都是别人嫉妒和羡慕的对象。王僧虔还聪明机智，乐善好施，是大家心目中公认的书法天下第一的人。

当时的南齐太祖萧道成也是一个酷爱书法的人，他的书法也比较有名。当他听说别人都称赞王僧虔是书法天下第一时，心里可就不高兴了，一心想要和王僧虔比试一下，看到底是谁的书法更好。可他是当今的皇帝，不可能随便就去找王僧虔比赛书法，只有等待机会。

不久机会终于来了。这一天，齐太祖正和一群大臣在御花园赏花，大臣们对御花园中齐太祖的题字大加吹捧，这让齐太祖非常得意。当他们来到梅亭时，一个大臣说道："想当初王羲之的《兰亭集序》名扬天下，如果皇上今天在梅亭做一个梅亭序，也一定可以像王羲之一样让天下人追捧啊！"齐太祖听了这话，不由得心里一动，这可是一个跟王僧虔较量的好机会，于是他立刻对身边的侍卫说："你去将王僧虔请到宫里来，今天这个时候没有他来写字可是一件很遗憾的事呀！"

不一会儿，王僧虔跟着那个侍卫来到宫里，给齐太祖行过礼之后，王僧虔站起来站在一边。他不知道今天皇帝将自己叫进宫来的目的是什么，所以只好一声不吭地站在旁边等候着。齐太祖看着王僧虔说："王僧虔，听说你的书法天下第一，我今天就是想跟你比一下书法。想当初你的先祖王羲之在兰亭写的一个《兰亭集序》天下闻名，现在你在梅亭也写一个吧，或许可以梅开二度哦。"

王僧虔听齐太祖这么一说，觉得十分为难。因为他知道皇帝也是一个书法上很有功力的人。虽然和自己比是差了一大截，可是他毕竟是皇帝，如果被自己比下去，一定会不高兴，说不定找个借口将自己一家给杀了都有可能。但是，自己又不能输给他，如果认输就会给自己的祖先丢脸，那可是比死还让人难受的呀！自己是绝对不能这么做的，这可怎么办呢？

这时陪在齐太祖身边的那群大臣都在附和齐太祖的提议，王僧虔只好硬着头皮答应了。于是，太监们将文房四宝摆了上来，两人一起提笔开始写，不一会儿就写好了，齐太祖看了看两幅字，然后抬头盯着王僧虔说："现在请你来评一评，这两幅字谁第一，是你还是我？"王僧虔听了这话，心里十分紧张，这可是一个十分难回答的问题，既不能为了保命压低自己，也不能不怕死地说出真话，这可太难了。为了争取时间想办法，王僧虔装着仔细欣赏着两幅字的样子，对着字左看右看，半天没有说话，齐太祖也没有说话，只是看着王僧虔，看他到底怎么回答。

王僧虔表面上是在看字，脑袋里却是在快速地想着办法，突然一个好办法出现了，他抬起头，看着齐太祖大声地回答道："皇上，我已经看仔细了。这两幅字在大臣行列里，我是第一名，而皇上在皇帝的行列里是第一名！"

齐太祖没想到王僧虔居然是这么回答的，不由得一愣，然后哈哈大笑起来，连声称赞王僧虔果然聪明过人，能够想出这么好的答案，其实他自己早看出来了，自己的书法的确还差了好大一截呢，只是他很想看看王僧虔面对这个问题会如何回答。结果，王僧虔竟然给了一个不是答案的答案，既没有让自己这个皇帝下不了台，也没有让他自己的才能被贬低。

从此，齐太祖仍然爱好书法，只是再也不想和王僧虔比较了。

徐文长对太师

徐文长从小就很聪明，十多岁时学问已经相当渊博。

有一年秋试，皇帝派了一个叫窦光鼐的老太师到绍兴来主试，他为了筹备考务，提前来到绍兴。

窦太师每次游街过市，总是有一块“天下无书不读”的御赐金牌扛在前面，鸣锣喝道，耀武扬威，以为自己文章压倒天下，目空一切，傲慢非常。

这天，正是盛暑季节，天气炎热。徐文长听说窦光鼐要来了，心想：把他的御赐金牌除下，给他一个下马威。主意既定，就赤膊坦腹，睡在东郭门内的官道当中。

鸣锣喝道的声音越来越近。头牌执事看见一个小孩睡在官道当中，就禀告老太师：“有个小孩挡官拦道！”窦光鼐听说挡道的是小孩，他不以为意，吩咐停轿，自己出来看看。只见那拦道的小孩睡得很熟，连忙把他叫醒。徐文长起来后故作恭敬地站在一旁，等候发落。窦太师问道：“你睡在石板上做什么？难道不怕皮肤烫焦？”徐文长大大方方地回答说：“不做什么，晒晒肚皮里的万卷书”。窦太师听他口气很大，就说：“既然你喜欢读书，一定会对对联。我有个上联要你对，对不出，你应该让道回避。”徐文长立刻提出反问：“如果对得准，那怎么办？”窦太师心想一个小孩有什么了不起，就随口说：“如果对得好，把全副执事停在这里，老夫步行进学宫！”

窦太师想起绍兴南街有三个阁老台门，便随口出题：“南街三学士。”徐文长不假思索，回对：“东郭两军门。”窦太师一听，觉得南街对东郭，文官对武将，而且这两个台门都是绍兴城内有名气的，不由得点头称赞:“奇才!”这时徐文长故意问窦太师:“你那块金牌上的六个大金字,作何解释?”窦太师听他问起金牌,马上得意地说:“皇上晓得我天下无书不读,因此御赐这块金牌!”徐文长接着又问:“那么,太师爷,你对《时宪书》总该熟读吧?”窦太师被问得目瞪口呆,暗想:不要说熟读,就连书名也没有听说过。徐文长见时机已到,把早已准备好的《时宪书》拿出来,递给窦太师说:“太师没读过,学生倒会背。”说着,就朗朗地径自背诵起来,背得又流利,又纯熟。

窦太师果然也聪颖,真是过目不忘,名不虚传,等徐文长背完,他也会背了,但徐文长还能倒背,窦太师却不会。徐文长理直气壮地问:“太师爷既有书未读,那么这块金牌将作何处理?”窦太师尴尬地说:“那当然对我不适用了!”

窦光鼐只好实践自己的诺言,刚想举步朝学宫走去,徐文长却叫住他:“启禀太师,自古中国才子数浙江,浙江才子数绍兴,绍兴处处出才子,太师要小心提防!”窦太师冷笑一声,愤然而去。

等到开考的时候,大家写好文章,收毕文卷,窦太师吩咐暂勿退场,一面抽卷阅读,好的果然很多,特别是徐文长的考卷写得更好,但是卷后却画上了徐氏祖先的灵位,窦太师借此提笔落批:“父亲虽好,祭祖太早。”

为了试试绍兴才子的本领,窦太师念了一个上联:“宝塔圆圆,六角八面四方。”叫大家来对。全场默然无声,大家都想不出好句。窦太师连声催促,全场只好都举起一只手来摇摇。窦太师一看,没有不摇的人,连徐文长也在内。

这时候,窦太师洋洋得意,禁不住冷言相嘲:“绍兴果然多才子,对起对来变呆痴!”窦太师正想退场,徐文长突然高声喊道:“太师你弄错了,我们都已对出,而且对得很好。”窦太师一下愣住了!徐文长接下去说:“这个对我们人人从小会对,因为考场规矩森严,不能你言我语,闹成一片,只好用手摇摇作个暗号,就是对:‘玉手尖尖,五指三长两短。’不是很好吗?”窦太师经他一说,惊讶得呆若木鸡。

从此,窦光鼐进出府门,只听到鸣锣喝道的声音,再也看不到“天下无书不读”的御赐金牌了。

鹿死谁手

一年仲秋,曹操率曹植和五位宠将到狩猎场打猎。秋高气爽,衰草如盖,满山红遍,北方的狩猎场呈现出一派雄丽、悲壮的情调。曹操喜捋长须,兴致勃勃,一声令下,随行的士兵手持长矛,聒噪叫嚷,一只卧姿安闲、色彩斑斓的梅花鹿被他们从树丛里赶出来,它似乎已经感觉到灾难的降临,惊悸地在空旷的猎场上狂跑。众将军张弩搭箭,纵马追逐。

“嗖嗖……”梅花鹿惨叫几声倒在血泊之中。曹操驱马赶来,见除了一枝箭直穿鹿喉外,其余四支箭全部落空。他决定重赏射中的将军,并封其为“神射手”。

随行人员从鹿喉上拔出箭杆,呈给了曹操。曹操仔细看了看箭杆上刻的姓名,微微点头。他想:“眼下正是用人之时,吞吴蜀,包举宇内,非但要有冲锋陷阵、骁勇善战的强将勇士,更需要有运筹帷幄、决胜千里的谋士贤臣。何不趁此机会考考曹植和众将军的智谋呢?”于是问道:“刚才,五箭并发,却只有一个将军射中了鹿喉,你们猜猜看,他是谁?”

赵将军说:“是孙将军射中的。”

钱将军说:“不应该是孙将军射中的。”

孙将军说:“是我射中的!”

郑将军说:“总之孙将军和我都没有射中。”

王将军说:“是孙将军和郑将军中的一个人射中的。”

曹操听了笑着说:“你们当中只有三个人猜中了,其中有王将军,诸位将军,现在心中可有数?”

众将军仍是抓耳挠腮,难解答案。刚才孙将军还一口咬定自己射中的,经曹操这般隐晦曲折的提示,也像喝了迷魂汤似的难以肯定了。

这时曹植镇静自若地说:“这个神射手,就是孙将军。”

曹操不由畅怀笑道:“植儿说得对!孙将军,寡人特封你为神射手、赏金一千两。”

孙将军连忙叩首谢封:“谢丞相大人。”

此时,其他四位将军仍然疑惑不解,一齐问道:“曹公子,不知有何根据?”

曹植答道:“诸位将军注意没有?既然我父讲王将军的说法是对的,而王将军说射中的或是孙将军或是郑将军。那么,先假设是郑将军射中的,五人说法中,赵将军、郑将军、孙将军都错了,钱将军、王将军说对,那三错二对,这不符合我父所说的条件,显然这个假设是错的,那肯定不是郑将军射中的。既然郑将军、孙将军二人中有一人射中,郑将军已排除,当然非孙将军莫属了。”

众将军听完曹植一番分析,都佩服曹植才智过人,曹操又捋着长髯,点头微笑,从心里越发喜欢曹植了。

聪明的张小舍

张小舍,胶州东山人,幼年丧父,侍母极孝,为人豪迈义气,饱读诗书,有文采善决断,因为腿有疾病,故不能考取功名。遂以在缙绅人家坐馆授徒为业。年三十方娶妻,妻貌虽丑陋但极贤惠,家虽清贫,日子过得却也和睦美满。

知县张虚，慕名将其聘为幕僚师爷。那年夏天，他陪知县大人去山上游览一座古庙，看见庙中有三四个人躺在地上，睡得正香。他们身边放了个西瓜，已经切开，却未曾吃过。张小舍马上让人将他们带入县衙拷问，果然是一群小偷。他向知县大人禀告说："他们白天聚在一起睡觉，一定是因为夜里太劳累了；切开的西瓜，则是用来避苍蝇的。"

一日，他正在城中的茶馆里喝茶。茶馆中有两只银杯，是给不寻常的客人准备的。此时，张小舍手中用着一只，另一只正在一个衣着考究的商人手中。突然，张小舍对着那人大声喊道："有我在此，你还要耍弄你的把戏吗？"众人惊奇地望着他们，那个人赶紧溜走了。别人问张小舍，他说："那个人体格魁梧，喝茶时却要双手捧杯，实际上他是在偷偷测量银杯的大小，准备回去做假杯子来换走这只真杯。"

又一日，他在赶赴县衙的途中，路过一个木匠家的门口，听见里面有女子的哭泣声，他停下来凝神听了一会儿，就让县衙的捕快将那个女子捉回去审问，原来是这个女人伙同奸夫将自己的丈夫毒死了。他向知县大人禀告说："一般来说，当自己的亲人生病时会感到担忧，亲人快死时会感到害怕，亲人死后会感到悲哀。而这个女人的哭泣声中却带着恐惧。所以我怀疑这其中另有隐情。"

一日，县里的王大财主家娶儿媳妇，接连三天通宵达旦点着灯烛以示喜庆。第三天，突然从小两口的床底下窜出一个人来，一下子就被抓住送入县衙中。审问时，那人声称自己不是小偷，是医生。新媳妇有种特别的病症，所以让他跟随在她身边，经常为她用药。知县盘问再三，那人说起媳妇娘家的事情，都很详细准确。于是，知县决定传新媳妇到官府来对证，以便结案。王大财主家觉得这样有失体面，恳求知县别让新媳妇上公堂，将那人放了定有重酬。知县坚决不许。王大财主只好出面恳求张小舍，张小舍教他如此这般，王大财主领计而去。到了开堂那天，王大财主不情愿地带上一名衣着华丽的年轻姑娘，那个人一见到她就大声叫嚷着说："你请我治病，为什么还把我抓起来呀?"堂上的知县听了哈哈大笑起来，原来这个"新媳妇"只不过是花钱雇来的一个妓女罢了。把戏被戳穿，小偷只好认罪伏法。

几年后的一天，张小舍回到家中，整夜唉声叹气，妻子问他，他忧伤地说："我的死期恐怕不远了。好好替我照顾老母亲!"妻子听后大恐，忙问其故。张小舍说："昨日审了一个案子，农民张三在自己家的田中劳作时掘出一大坛黄金，足有上千两之多。当时在田中干活的人很多，众目睽睽之下，张三只好将黄金上交县衙。知县大人命人封入府库，严加看守。今日早晨，当众打碎坛子，果然见千两黄金滚出，映照得公堂一片金黄灿烂。大人找来专替人打金银首饰的钱一手来验看，不料这些金子竟是外边镀金的铅块。堂上堂下一片惋惜之声。就此结案。"他妻子听得满头雾水，疑惑地问："结案了，你怎么回来还死呀活的?"张小舍说："昨日见那坛黄金送来时，四个强壮的庄稼汉吃力地抬入县衙，杠子被压得弯弯的，今日早上从府库中抬出时，四个衙役轻松地将坛子抬到堂上，杠子只是微微有些弯而已。"听到这里，妻子惊恐起来："难道，难道……"张小舍重重叹了口气，说："是呀，自古以来，能面对唾手可得的千两黄金而不动心的人何其少啊!"

过了几天，张小舍在外出查案时被一伙强盗伏击而死。送葬那天，成千上万的老百姓为他送行，知县也代表县衙高度地褒奖他。

知县后来官运亨通，一直做到吏部侍郎，突然有一天夜里暴死家中。整个尸身被塞入一个大坛子之中。朝野震惊，严查几日后，在接到一封匿名信之后，忽然不再查问此案，最终，不了了之。

贫和骗

王冕是元朝著名的诗人、画家。他从小就聪明机智，而且能言善辩，常常利用自己的机智脱离困境。

因为家里比较贫穷，所以王冕很小就到当地的一个财主家去当放牛娃。这个财主贪财吝啬，对家里的长工、帮佣很刻薄，常常找一些理由和借口不给工人放工钱，所以人们都在背后叫他剥皮财主。王冕的日子过得很困难，常常是天不亮就要牵牛上山，天黑了才回来，还经常吃不饱饭。好不容易到了年底可以将这一年的工钱结清了，可是这个贪心的财主却不想给钱，于是就对小王冕说："今年我们领钱的规矩变了，我给你出一个谜语，你如果答上来了，我就发工钱给你；如果你答不上来，这一年你就算是白干了。现在我要出题了，这是一个故事题。说的是有一群穷人有一次挖到了一件宝贝，那是一大块美玉。这些穷人见挖出了宝贝心里很高兴，他们觉得应该每人都有一份才对，于是就将这一大块的美玉给砸成了几块，每人分一块。但他们却不知道，这块美玉如果是完整的一块就是一件宝贝，被他们砸坏了之后，这玉就不值钱了，这群穷人还是穷人。你听清楚没有，现在就猜一猜这是一个什么字吧。"财主看着王冕，心里很得意，这可是他找人好不容易才想出来的字谜，王冕小小年纪一定猜不出来，看来今年这工钱又可以省下来了。就在这个贪心财主得意的时候，王冕却笑着回答道："这还不简单，穷人分宝贝还是穷人，这个字就是'贫'嘛。"财主见王冕这么容易就答了上来，大吃一惊，可是刚才自己已经把话说到了前面，只好将这一年的工钱给了王冕。王冕看着自己辛苦一年所得到的那一点点微薄的工钱，心里很不是滋味，很想赶快从这个剥皮财主家离开，可自己当初签的是三年的合约，现在才一年，想走的话财主肯定是不会放人的，可自己又确实不愿意再在这个地方待下去了，于是他脑筋飞快地转了一下，既然这个财主可以用谜语来考自己，那自己为什么不也这样做呢？于是，王冕对财主说："老爷，您刚才出了一个谜语给我，现在我也出一个谜语给您猜。如果您猜中了，我以后两年就白给您干，如果您猜不中，那我就要提前两年离开这里，不再给您放牛了，行吗？"财主一听，心里一下高兴起来，心想一个小孩能出什么高难度的谜语出来，只要我猜中了，就可以白白使唤他两年，于是财主同意了。

王冕看着这个贪心的财主笑着说："我出的也是一个故事谜。从前有一个财主带着一个伙计去做生意，说好了财主出钱，伙计出力，赚回来的钱一人一半。经过一年的辛苦工作，他们终于赚了钱回家了。在回家的时候那个财主对伙计说第二天来拿钱，于是伙计就自己回去了。第二天，这个伙计来拿钱的时候，财主却苦着脸告诉伙计，自己回家的时候被一匹受惊的马把装钱的箱子踩扁了，没有钱分了。就这样，财主一个人将钱私吞了，请问这是一个什么字？"财主想了半天也不知道是什么字，只好认输。王冕笑着说："马把箱子踩扁了，就是一个"骗"字嘛，财主就喜欢骗人呀！"剥皮财主听了之后才明白王冕骂自己是骗子，可是明明知道王冕骂了自己，财主却没有办法生气，因为自己一生气不就自己承认自己是骗子吗？无奈的财主只好将王冕的合约拿出来还给了王冕。王冕接过合约书仔细看过没有错之后，就将这张合约撕掉了，然后走出了财主家的大门。

从此，王冕努力学习，刻苦训练，最后终于成为一代名诗人和名画家。

少年区寄除强盗

区寄是唐代郴州（在湖南省）一个打柴放牛的孩子。因为他机智勇敢地除掉了两个强盗，为人民除了害，所以，人们一直传颂着这位小英雄的故事。

区寄的家乡，有两个强盗，到处杀人抢东西，闹得周围几十个村子不得安生。一天，区寄在山上打柴，正好碰上了这两个强盗，并被他俩捆了起来，给带走了。

走了20多里，两个人停下来休息，打算到集市上把区寄卖掉。小区寄假装哭叫，又显出战战兢兢、十分害怕的样子。两个强盗也就看轻了他，放心地喝起酒来，都喝得醉醺醺的。这时，一个强盗摇摇晃晃地向集市走去，打算找买主商量价钱，另一个强盗留下来看着区寄。

不一会儿，看区寄的这个强盗困乏了，把刀插在路边，躺在地上，鼾声如雷地睡起大觉来了。区寄偷偷一看，见他已经睡得很熟，便把绑着双手的绳子，对着锋利的刀刃轻轻地磨，绳子很快被割断了。他拔起刀，对着那个熟睡着的强盗用力砍去，结果了他的性命。杀死强盗后，区寄还没有跑出去多远，去集市上的那个强盗回来了。他看到同伙被杀，大吃一惊，又连忙赶去捉住区寄，捉住区寄就举刀要砍，区寄机警地说："别急着动手，你要是杀了我可要吃大亏的。"

强盗忙问："为什么？"

区寄说："请你想想，我做你们两个人的仆人，哪比做你一个的仆人好呢？他刚才待我太不好，又是打又是骂，你如果不杀我，待我又好，那么，你叫我干什么都可以。再说，就是把我卖掉，你也可以一个人得钱，不会有人跟给你平分。你说对吗？"

强盗一想:对呀！这么便宜的事,我怎么就没想到？亏得这个小孩杀了他。于是,他急忙收拾好同伙的尸体,带着区寄来到买奴仆的店主人家里,跟店主人商定了价钱,便睡下来做他的美梦去了。

到了半夜,屋子里静悄悄的。只有店主人家的炉灶上闪出低低的火苗。区寄轻轻转动身子,把捆住他的绳子对着炉火慢慢地烧着。手上起了一片片燎泡,汗水浸透了他的衣服,他忍着剧烈的疼痛,终于将绳子烧断了。他拿起店主人家的菜刀,找着那个强盗,三两刀下去,强盗的美梦还没有做完就见阎王去了。

天亮了,集市上人来人往,区寄打开店门,向赶集的人们大声说:“我是区家的孩子,两个强盗昨天抓住我,要把我卖给这家店掌柜当仆人。我很幸运地把他们都杀了。你们可以报告给官府,我敢作敢当!”

管集市的小吏听了,赶紧去报官。官府派来的人一看,原来是个小孩子。刺史颜正审问了这件事,他很佩服小区寄的勇敢和机智,不仅没判罪,还要留他在官府里当差役。但区寄痛恨贪官污吏,不愿跟他们同流合污,更不愿给他们当牛做马,就谢绝了官府的好意,毅然回到了自己的村子。

从此,区寄家乡再也不闹强盗了,大家都赞扬说:“区寄这孩子只有十一岁,比战国时的小勇士秦武阳还小两岁,可他比秦武阳更机智、更勇敢,巧妙地连杀两个强盗,真是为家乡人民立了大功啊!”

怒斥先生出师

诸葛亮是三国时期著名的军事家、政治家和谋略家,他辅佐刘备与孙权、曹操形成三足鼎立的局面,为刘备在群雄割据的乱世之中争取了一席立足之地,成为古往今来人们最为崇敬的人物之一。

诸葛亮从小就十分聪颖，他的父亲将他送到水镜先生那里去学习，因为他的聪明机智，很快就在老师的学生当中脱颖而出，成了学生中的佼佼者，深得老师水镜先生的喜爱。

在跟随水镜先生学习的三年中，诸葛亮将老师毕生的学问都学了过来，而且常常形成自己的新见解，让老师有青出于蓝而胜于蓝的感叹。三年后，水镜先生觉得自己已经没有什么可教诸葛亮的了，就决定让他出师去发挥自己的能力，实现自己的人生抱负。当同学们知道诸葛亮即将出师的时候，有的同学替他高兴，认为他在短短的三年时间内就能学成出师，实在是了不起；但也有同学认为水镜先生对诸葛亮太过偏袒，因为大家都知道，凡是跟着水镜先生学习的学生，至少要学满五年之后才可以出师，而诸葛亮却只学了三年，这多少有点让他们不满。面对这种情况，水镜先生决定给大家一次公平的机会。他告诉学生们，只要他们中任何一个人能通过他的考试，那么这个人就可以出师，这其中也包括诸葛亮。听到这个消息，学生们都很兴奋，尤其是那些已经跟随水镜先生多年，却还没有得到他的许可同意出师的学生，认为这是一次难得的好机会，纷纷报名参加老师的出师考试。

到了考试的这一天，学生们都聚集在学舍里等候着，报名的学生都紧张地坐在位置上，而那些没有报名的学生也围在外面观看，这可是一个让大家大开眼界的机会，谁都不想错过。

过了一会儿，水镜先生来到学舍，坐在自己平常讲课的座位上。水镜先生说道：“今天的题目非常简单也非常难办，只要你们中任何一个人能在中午之前让我放他出这间屋子，那么他就算是胜出了，就可以出师了。好了，现在开始吧，只要谁觉得准备好了，就可以到我面前来过关了。”说完之后，旁边没有参加考试的学生们就在一旁悄悄地议论起来，都认为先生的这道题出得太离谱了，他完全可以一个都不允许离开的，全凭先生自己的主意了，根本就没有什么固有的答案嘛！

而那些参考的学生全都在那里凝神苦思，有什么办法能让严格的先生让自己离开呢？沉默了一阵子之后，只见其中一名考生突然急匆匆地来到先生面前，用十分焦急的声音说："不好了，老师，外面起火了，我要赶紧去救火了，请让我出去吧！"水镜先生笑着看看他，摇摇头，这名学生只好灰溜溜地回到座位上，又过了一会儿，又一名学生哭丧着脸，对先生说："先生，今天家里来信说我母亲病得不轻，十分想念弟子，弟子很想回家去看看母亲，请先生让我离开吧！"可水镜先生还是摇了摇头。一会儿工夫，另一名学生捂着肚子，嘴里直哼哼地来到先生面前，一脸痛苦的样子说："先生，我的肚子好疼，我要去茅厕，不行了，我必须快点去！"水镜先生看着这名学士，笑着说："人有三急，你既然如此着急，那么，你就放弃考试去上茅厕吧！"这名学生一听这样，肚子马上就不痛了，低着头回到了座位上。

渐渐地，快到中午了，考试的时间快结束了，可还没有一名学生通过水镜先生的考试，大家都觉得挺郁闷的。这时，只见诸葛亮十分生气地一拍桌子站了起来，冲着水镜先生大声地说："先生真是太刻薄了！你不想让我们出师就明说嘛，出这样的歪题来整我们，实在是太过分了！这三年的时间我都白白浪费了。你快退我的学费，我不学了！"大伙儿一见诸葛亮对老师大声嚷嚷起来，都吓了一跳，旁边的同学赶紧去拉诸葛亮，让他别乱说了，水镜先生见自己最喜爱的学生居然这么无礼地大声指责自己，气得脸都白了，浑身发颤，指着诸葛亮说："你，你，你，你这个无礼的家伙，快把他给我轰出去，轰出去！"弟子们赶紧上前去拉诸葛亮出学舍，诸葛亮却不肯走，还不依不饶地非要先生退他学费，大家费了好大的劲才将他拉出了学舍，其他的学生赶紧劝先生消消气，而诸葛亮离开学舍之后，却哈哈大笑起来："先生，我出学舍了！"接着诸葛亮又回到学舍，双膝一曲，跪在先生面前："先生，学生为了考试，冒犯了先生，请先生治罪！"这时，水镜先生也回过神来了，明白了诸葛亮的意思，忍不住笑了起来："你果然十分聪明，竟然让老师也被你蒙骗过去了，你可以出师了！”说完双手拉起了诸葛亮，师徒二人相视笑了起来。

公鸡下蛋

甘罗是中国的一个传奇人物。他生活在战国时期的秦国，从小聪明机智，非常善于开动脑筋，常常为人解决难题，十二岁的时候就被秦王任命为宰相。他是我国历史上最年轻的宰相。

有一次，八岁的甘罗正在家里玩耍，他的爷爷——当时的秦国宰相甘茂回到家，坐在屋里长吁短叹。甘罗见了很奇怪，就跑去问爷爷：“爷爷，你平时回来都是高高兴兴的，今天怎么这么忧愁呢？遇到什么事了吗？”甘茂看着自己的孙子摇摇头说：“今天我的确是遇到了一件难事，可你太小了，告诉你也没用。”甘罗听了说：“那可不一定哦，说不定你说出来我能帮助你解决呢，爷爷你就告诉我吧。”甘茂平时很疼爱这个聪明的小孙子，所以扭不过甘罗的软磨硬泡，就对甘罗说：“今天，秦王给爷爷出了一道难题，让爷爷去找一只会下蛋的公鸡，还说只给爷爷三天的时间。这世上只听说有打鸣的公鸡，谁见过会下蛋的公鸡呢？别说是三天，就是三年，爷爷也没办法找出来呀！你说这是不是一件为难的事？”甘罗听了，觉得秦王真是无理取闹，这是根本不可能完成的事嘛！可既然秦王都已经这么说了，生气也没用，还是得想点什么办法才行。看着爷爷发愁的样子，甘罗决心一定要想出一个好办法来，让秦王收回自己这个荒唐的命令。他低着头，仔细地想了又想，突然想到了一个好办法。他趴在爷爷的耳边嘀嘀咕咕地说了一阵，只见甘茂的脸上露出了笑容，点点头说：“好，爷爷答应你，就按你说的去做吧。”

第二天，甘茂没有像往常一样去上朝，而是让八岁的甘罗穿上自己的官服代替自己去拜见秦王。小甘罗穿着爷爷的官服显得很是可笑，衣服又大又长，没有办法，他只好将衣服的下摆提起来，拴在自己的腰上，摇摇摆摆地进宫去了。

当秦王看见甘罗在自己面前又跪又拜的样子时，忍不住觉得既好气又好笑，他问甘罗："你爷爷为什么不来上朝？居然还派一个小孩子来，真是可恶。"甘罗一本正经地对秦王说："大王，我爷爷身体不适合来上朝，所以就派我代替他来拜见您，希望您不要在意。"秦王说："胡说，昨天见你爷爷身体还挺好的，怎么可能一下子就生病了呢？一定是你爷爷不想来见我。"甘罗摇摇头说："我爷爷不是身体不好，是我爷爷正在家里准备生孩子，所以没有办法到宫里来见您。"这句话逗得满朝的人都哈哈大笑起来，秦王更是笑得差点从座位上滑下来，他指着甘罗，边笑边喘着气说："你说什么？你爷爷生小孩？真是笑死人了，一个大男人怎么可能生小孩嘛？这简直就是胡说八道嘛！"

甘罗却一点也没有笑，只是看着秦王说道："大王是不是觉得男人生小孩是一件可笑又不可能的事？"秦王笑着说："那当然，谁听说过男人生小孩？"甘罗又说道："大王既然觉得男人是不可能生小孩的，那么公鸡又怎么会下蛋呢？"一句话就把秦王给问住了，秦王这才明白甘罗的用意何在，原来是因为昨天自己对甘茂下的那道命令呀！那只是自己一时兴起说的话，想故意为难一下甘茂，没想到现在却是搬起石头砸了自己的脚，他只好对甘罗说："你回去告诉你爷爷，我收回昨天的命令，是我错了。"

就这样，机智的甘罗用自己的办法小小地教训了秦王一下，不仅让他意识到了自己的荒唐，也为爷爷赢得了尊重。

诸葛亮智救壮汉

张飞因酒后毒打部下，被部下砍了脑袋。刘备得到消息，悲痛欲绝。

将张飞安葬完毕，刘备下令，全国戒酒，违令者斩。

刘备是蜀国的皇帝，皇帝的令就是圣旨，谁违抗了必死无疑。

一日，刘备在诸葛亮的陪同下到某地视察。在一个村庄附近发现一个壮汉，用一根绳子吊着两个空酒瓶，搭在肩上，正优哉优哉地在路上行走。众人不屑一顾，继续陪同刘备前行。“站住！”刘备突然大叫一声，众人一惊，不知发生了什么变故，紧紧将刘备护住。刘备在马上高喊：“把这个壮汉给我拿下。”众人不知所措，呆呆地愣在那里，他们不知道刘备要拿壮汉干什么。刘备见众人未动，怒吼：“这人背酒瓶两个，拿酒瓶肯定是去买酒，我已下令全国戒酒，此人竟敢违抗，抓起来给我砍了。”

众武士上前，将壮汉绑了个结实。

诸葛亮连忙上前劝阻：“圣上，此人拿的是两个空酒瓶，拿空酒瓶怎能断定他就是去买酒。”

刘备气愤地说：“拿酒瓶就是去买酒，不买酒拿酒瓶干什么？买酒者格杀勿论。”

诸葛亮据理力争，说：“圣上，拿酒瓶是否去买酒，应查清再杀不迟，切不可滥杀无辜，引起民怨。”

刘备大怒：“拿酒瓶就是去买酒，不买酒拿酒瓶干什么？买酒者杀！休再多言。”说完令手下人将壮汉五花大绑带到前面县城砍头。

诸葛亮不再多言，默默地跟随刘备前行。众人也觉得刘备太荒唐,但又都明白伴君如伴虎,故谁也不敢吱声。

队伍继续前行,在一片林中路上,前面有一男一女。一男一女发现后面有队伍过来,站在路边为队伍让路。众人匆匆从一男一女身旁走过,没人顾得上看这对男女一眼。“站住!”诸葛亮突然大喊一声。诸葛亮的喊声着实把众人吓了一跳,急忙站住,不知又发生了什么事,呆呆地站在那里。

诸葛亮在马上下令:“来人,把这对狗男女给我绑了,带到前面县城砍头。”众人纳闷:“这皇帝和丞相是怎么了?见了人就要杀,这哪里是什么视察呀?纯粹是杀人来了。这一路不知有多少人要倒霉。”

刘备斜眼看着诸葛亮,不满地问:“这两人怎么了,你凭什么要砍人家的头啊?”诸葛亮一本正经地说:“按蜀国的规矩,男女通奸是死罪,这一对男女正值年轻,具备通奸的条件,且两人走在一起,肯定是通奸,通奸砍头天经地义,来人!速速给我拿下,到前边县城都给我砍了。”

“胡来!”刘备冷笑一声,“一男一女走在一起,只能有通奸的嫌疑,并非真的通奸,你说人家通奸,你看见啦?仅以一男一女走在一起便认定通奸,就要砍头,你这是哪国的规矩?真是荒唐至极。我看你是……”

“圣上!”诸葛亮大叫一声,飞身从马上跳下,然后突然跪倒在刘备面前,大叫:“如果不能以男女两人走在一起就认定通奸的话,那么,拿两个空酒瓶就认定去买酒而杀头,岂不也是荒唐?请问,你这是哪国的规矩?”

众随从大吃一惊,没想到诸葛亮有如此胆量,但又深深地为他捏着一把汗,唯恐刘备翻脸不认人,给诸葛亮治罪。

刘备面色铁青,纵身从马上跳下,大步走到诸葛亮面前。众随从吓呆啦,不知道刘备要干什么,睁大眼睛目睹着即将发生的一切。心里默默为诸葛亮祈祷,老天爷呀!请神仙保佑诸葛亮平安。

刘备从地上拉起诸葛亮，双手搭在诸葛亮双肩上，两只眼睛在诸葛亮的全身打量，老半天老半天之后，刘备突然下令："把拿酒瓶的和这对男女都给我放了，今后杀人要有证据，只凭怀疑不行，而且必须证据确凿，否则就是乱杀无辜。"

没等刘备把话说完，诸葛亮又突然跪倒在刘备面前，大喊："圣上英明，我主万岁！万岁！万万岁！"

后生可畏

有一天，孔子乘着一辆马车周游列国。来到一个地方，见有一孩子用土围成了一座"城"，坐在里面。孔子就问："你看见马车为什么不躲开呀？"

那孩子眨了眨眼睛回答："都说您孔老先生上晓天文，下知地理，中通人情。可是，今天我见您却并不怎么样。因为自古到今，只听说车子躲避城，哪有城躲避车子的道理呢？"

孔子愣了一下，问："你叫什么名字？"

孩子答道："我叫项橐。"

孔子为了挽回面子，就想出了一连串问题来考项橐："你的嘴很厉害，我想考考你——什么山上没有石头？什么水里没有鱼儿？什么门没有门闩？什么车没有轮子？什么牛不生犊儿？什么马不产驹儿？什么刀没有环？什么火没有烟？什么男人没有妻子？什么女人没有丈夫？什么天太短？什么天太长？什么树没有树枝？什么城里没有官员？什么人没有别名？"问完，孔子盯着项橐露出微笑。

项橐想了想说："您听着——土山上没有石头，井水中没有鱼儿，无门扇的门没有门闩，用人抬的轿子没有轮子，泥牛不生犊儿，木马不产驹儿，砍刀上没有环，萤火虫的火没有烟，神仙没有妻子，仙女没有丈夫，冬天白日里短，夏天白日里长，枯死的树木没有树枝，空城里没有官员，小孩子没有别名。”

孔子大惊，这孩子竟智慧过人！

项橐这时不容孔子多想，反问他说：“现在轮到我考您了——鹅和鸭为什么能浮在水面上？鸿雁和仙鹤为什么善于鸣叫？松柏为什么冬夏常青？”

孔子答道：“鹅和鸭能浮在水面上，是因为脚是方的；鸿雁和仙鹤善于鸣叫，是因为它们的脖子长；松柏冬夏常青，是因为它们的树心坚实。”“不对！”项橐大声说，“龟鳖能浮在水面上，难道是因为它们的脚方吗？青蛙善于鸣叫，难道是因为它们的脖子长吗？胡竹冬夏常青，难道是因为它们的茎心坚实吗？”

孔子觉得这孩子知识渊博，连自己也辩不过他，只得拱拱手连声道：“后生可畏，后生可畏！”驾着车绕道走了。

倒霉的盗墓人

苏东坡是我国宋朝著名的文学家、词人。他不仅文采出众，性情豪放，而且为官清廉，机智聪明。自从他在京城当官之后，有许多人来找他走后门，都被他找了各种各样的理由一一拒绝了。

这一天，苏东坡远在家乡的一位老同学来到了京城，作为主人的苏东坡热情地接待了这个当年和自己一起学习的好朋友。在大家一边聊天、一边喝茶的时候，这位朋友对苏东坡说：“你现在已经是朝廷的大臣了，而我因为种种的原因，迟迟没有能够通过朝廷的科举考试，以至于现在一事无成，不知道你能不能看在老同学的分上，帮一个忙，给我弄个一官半职，怎么样呢？”苏东坡听了老同学的话之后，感到很为难。如果帮了老同学吧，自己一直坚持不给任何人开后门的原则就被打破了；如果不帮吧，这位老同学和自己的关系这么好，现在开口求自己了，不帮似乎又说不过去，而且自己直接拒绝的话，那又太伤同学的情分了。他想了想，没有直接回答老同学的问题，而是笑着对他说："今天我看了一本很有趣的书，里面讲了一个故事，你听一听怎么样？"老同学回答道："既然你都觉得很有趣了，那肯定是一个好故事，你就讲来听听吧。"于是苏东坡开始讲故事了："有一个盗墓贼，在晚上很辛苦地挖开了西城外的一个墓地。他进去一看，吓了一跳，只见里面坐着一个穿着皇帝衣服的人。他问那人是谁，那个人告诉他说自己是汉朝的第四位皇帝汉文帝，盗墓贼一听高兴极了，既然是皇帝的墓，那就一定有很多值钱的陪葬品，自己可要发大财了，于是他就想去找陪葬的金银珠宝。谁知汉文帝却很遗憾地告诉他，他找错墓了，因为汉文帝不主张用金银珠宝来陪葬，所以这里只有一些坛坛罐罐，没什么值钱的东西。盗墓贼很失望地离开了。他又到北门外的一个地方去挖，挖开了一个砖石做成的墓地。看见里面有一个光着身子的人坐在那里，他告诉盗墓贼自己是汉朝时期的一个地方官叫王阳孙。盗墓贼想，地方官员也不错，虽然没有皇帝有钱，但多少也会有一些值钱的东西吧。谁知这个王阳孙却告诉他，因为自己从来主张光着身子埋葬，所以这里不但没有钱，连衣服也没有一件，盗墓贼只好垂头丧气地离开了。他跑到南边去挖，挖开了一个墓地，看见里面有一个干瘦的人靠在那里。那个人告诉盗墓贼，自己是商朝的大臣伯夷。盗墓贼觉得这次有希望了，商朝的铜器很值钱，只要能找到一两件也不错呀，可他万万没想到的是，伯夷告诉他自己是活活饿死的，连棺材都没有，哪里会有什么陪葬品呢？这让那个盗墓贼十分恼火。他准备去挖隔壁的墓地，伯夷却有气无力地告诉他，旁边那个是他的弟弟叔齐，是和他一起在首阳山饿死的，所以也是什么也没有，他认为盗墓贼最好还是到别的地方去碰碰运气。”故事讲到这里的时候,苏东坡的老同学已经明白了苏东坡的用意,只好不再提请苏东坡帮忙的事,并且决定第二天就离开京城回家去。

就在老同学准备离开京城回家的时候,苏东坡将自己的积蓄拿了出来交给他,告诉他虽然自己没有办法帮他在京城谋求一官半职,但希望老同学能用这些积蓄回家去做点小生意,没有了经济问题之后,就可以在空闲的时候努力读书,争取明年能够参加朝廷的科举考试,凭自己的实力为自己争取前途。那位老同学听了苏东坡的这番话之后,心里很感激,于是收下了银两回到家乡,继续发奋读书,为第二年的科举考试做准备。

韩信分油

楚汉争霸时代的著名大将韩信,打仗勇猛,也很有智慧。他小时候就十分聪明。

一天,街上围着一群人,乱哄哄地在争吵。小韩信走上前去,钻到里边,见是两个油贩子在闹得不可开交。一问,才知道他俩原来合伙做生意,分利不均而翻了脸,决定散伙,准备将剩下的10斤油平分后各奔东西。

可是,他俩手头没有秤,器具就只有三样:一是装10斤剩油的油缸,一是能装3斤油的空葫芦,一是能装7斤油的空瓦罐。他们将器具倒来倒去,总是觉得分不均匀,你怪我怨没完没了。好管闲事的旁人也帮着出点子,折腾来折腾去,也没个好办法。

韩信见状,情不自禁地大笑道:“这有啥麻烦,简单得很哩。”

人们听了,纷纷起哄了:“看你小不点儿,倒这么狂妄!”

"乳臭未干的小孩充什么老?"

"小鬼的牛皮话,别听他!"

油贩子到底见过世面,他俩见韩信一副机灵相,便顺水推舟地说:"小孩子,别说大话,你就来平分吧。"

韩信说:"先将那能装3斤油的葫芦当秤用。"

"怎么当秤?"人群又起哄了。

"先两次把葫芦灌满油,倒进空瓦罐;再第三次把葫芦灌满油,倒满能装7斤的瓦罐为止。"

油贩子如法炮制成三步动作。

韩信问道:"现在葫芦里剩下多少油了?"

人们一扫原先鄙视韩信的气氛,立刻活跃起来:"两斤,两斤!"

"请把瓦罐里7斤油,全部倒入油缸,再将葫芦中剩下的两斤油倒入瓦罐。请问现在瓦罐和油缸各有几斤油?"

油贩一边动作,一边兴奋地答道:"瓦罐有两斤油,油缸有8斤油。"

韩信笑了笑说:"现在最后一步棋大家总能走了吧?"

人群七嘴八舌嚷了起来:"将葫芦灌满油,倒进瓦罐!"

其实不必别人吵嚷,油贩子早就心领神会了。

华佗拜师

华佗是我国历史上杰出的医学家,被后人称为神医。他也是我国医学史上第一个施行外科剖腹手术的医生。

华佗的父亲也是一名医生。华佗很小的时候就经常在一旁看自己的父亲给病人看病拿药,因此对医药产生了浓厚的兴趣。可是在华佗七岁的时候，他的父亲就去世了，留下他和母亲相依为命，母子俩的生活越来越困难。为了不耽误儿子的未来，他的母亲决定将华佗送到他父亲的好朋友，一名姓蔡的医生那里去学习，让儿子将来也能像他父亲一样治病救人。当母亲带着华佗找到蔡医生时，这位在当时也是有些名气的医生很高兴地接待了他们。当听说华佗母亲准备让华佗在自己这里学医的时候，这位蔡医生却有点犹豫了，并不是他不愿意帮助华佗，他是自己好朋友的儿子，自己当然应该帮助他，可是学医不是一件简单的事。如果学医的人聪明灵活的话，就能够很快学好医学知识并运用于实际当中治病救人，可如果学医的人头脑呆笨不灵活的话，最多只能学到一些医学的理论知识，如果要运用到实际中去的话，很可能会出现问题，甚至是误诊，严重的可能会医死人的。因为知识是死的，而患者的情况却是千变万化的。

蔡医生看着华佗母亲期望的眼神，决定要先考一考华佗，如果他够聪明，那么自己一定会收下这个弟子，好好教他；如果这个孩子没有聪明的头脑，那么就只好让他去学别的。这不仅是对将来的患者考虑，也是对自己的好朋友负责。

于是，蔡医生将自己的想法告诉了华佗的母亲，华佗的母亲认为这种考虑很有道理，就同意了蔡医生的建议。蔡医生看着小小年纪的华佗，说：“孩子，今天我要考一考你，如果你能通过考试，我就收你当徒弟；如果你不能通过，我可是不收的，你知道吗？”华佗点点头，对蔡医生说：“请老师出题吧。”蔡医生看着门外在桑田里摘桑叶的徒弟们，对华佗说：“你看那桑树上面的桑叶长得如此之好，可太高了孩子们够不着，又爬不上去，你有什么办法可以将那上面的桑叶摘下来吗？”华佗看了看桑树，想了想，对蔡医生说：“请老师给我一根长绳子，我就能摘下那上面的桑叶。”蔡医生答应了，叫人找来一根绳子给了华佗。只见华佗站在树下，在绳子的一端拴上一颗石头，然后用力往上扔，石头带着绳子绕过了树枝又落了下来，华佗将绳子一拉，树枝就被压了下来，这样就可以摘到桑叶了。蔡医生点了点头，觉得这孩子还不错，善于观察事物动脑筋，不过自己还得再考考他。于是蔡医生对华佗说："这个问题解决得不错，不过，我还得再考考你，怎么样？"华佗回答道："那么就请老师再出一道题吧。"蔡医生想了想，一时也想不出什么难题来。这时，一名弟子来报告说外面的坡上有两只山羊打起架来了，谁也分不开，请老师去看一看。蔡医生眼睛一亮，就对华佗说："这样吧，我们一起去看看，看你有没有什么办法将这两只山羊分开。"华佗跟着蔡医生来到外面，见那两只山羊已经斗红了眼，四只犄角死死地抵在一起，分也分不开。徒弟们见老师来了，纷纷上前去告诉老师说这两只羊已经打了好一会儿了，本以为是在闹着玩的，谁知越打越厉害，现在大伙怎么拉也拉不开。蔡医生看着华佗，没有说话，华佗知道老师是叫自己想办法，要考考自己。这个题可比刚才那个难多了，自己力气小根本不可能硬让山羊分开，只能想办法智取了。他看着那两只红了眼的山羊，都在喘着粗气，似乎已经累了。聪明的华佗仔细观察之后，有了一个好办法。他伸手在路边抓了两大把青草，走到山羊的面前，将青草放在山羊的鼻子边晃了晃。青草的清香味飘进了山羊的鼻子里，两只斗得筋疲力尽的山羊立刻分开了，都转过头来大口大口地吃起草来，哪有时间再打架呢？大家见华佗小小年纪如此聪明，都觉得他太了不起了，蔡医生也满意地笑了，这么聪明的孩子如果不做自己的徒弟就太可惜了。

就这样，蔡医生收华佗做了自己的徒弟，并把自己所有的本事都教给了华佗，而华佗不仅将老师的本领全学会了，而且还自己不断地总结了许多新的方法。他的医术越来越高，越来越精，最后终于成为一代名医，成为历代医学家的榜样和楷模。

捣乱的老鼠

三国时的曹操，不仅是一位成功的政治家、军事家和文学家，还是一位成功的父亲。他的几个儿子都是非常了不起的人物，其中最受曹操疼爱的，就是才思敏捷、聪明伶俐、心地善良的曹冲了。

从小，曹冲不仅聪明机智，而且心地善良，每当他看到有人被责罚都会问这人是否真的犯了错，得到的处罚是否合适。如果是被冤枉或处罚过重的，他都会想办法为这些人求情。有时看见有才干的人因为小过失或错误触犯法律，失去了为国家效力的机会，他也会求自己的父亲宽大处理，让他们改过自新，充分发挥自己的才能报效国家。

有一次，曹冲路过父亲存放马鞍的仓库时，看见守仓库的小吏正在哭泣。曹冲觉得很奇怪，就上前去问他为什么哭。那个小吏见到曹冲，就像是见到了救星一样，赶忙上前去求他救自己一命。曹冲见他十分惊慌，就安抚小吏说："你不用怕，先把事情说清楚。我了解了事情之后才好为你出主意呀！"小吏告诉曹冲，自己由于一时疏忽，让老鼠把主人最喜欢的一副马鞍给咬坏了，曹冲听了说："这有什么大不了的！马鞍被咬坏了，父亲最多责备你几句就是了，不可能因为这件小事就要你的命。"小吏告诉曹冲说，在当地流传这样一个传说，如果老鼠咬坏了什么东西，那么这样东西的主人就会出大事，现在老鼠咬坏了主人的马鞍，就是不吉利，所以这件事情如果让主人知道了，自己一定会没命的。曹冲听了之后，想了想，让小吏放心，说自己一定会帮助他的。

回到后院自己住的地方，曹冲找出自己的一件单衣和一把小刀，然后用小刀将衣服戳成像老鼠咬过的一样，接着就愁眉苦脸地去见父亲曹操。

曹操当时正在书房看书，见自己最喜爱的儿子愁眉苦脸地来见自己，非常意外，忙问曹冲发生了什么事。曹冲对父亲说："我听别人说，如果一样东西被老鼠咬坏了，那么这样东西的主人就会出大事。今天我发现自己的这件单衣被老鼠咬坏了，我肯定会出什么事儿，所以心里很害怕。"曹操听了哈哈大笑，一只手拉过儿子，一只手轻轻地抚摸着儿子的头说："这些都是没有根据的传言，不是真的，你别担心，你一定不会有事的，不要怕！"正说着，手下来人报告说，大人的马鞍被老鼠咬坏了，应该追究守仓库的小吏看管不力的责任。曹操一听，笑着说："我儿子的衣服都被老鼠咬坏了，何况是在仓库那种存放马鞍的地方呢？算了吧，没有什么大不了的，不用再追究了！"

于是，一场即将发生的风波就在曹冲的机智处理下平息了下来，而守仓库的小吏也因此躲过了一劫。

老头子

盛夏时节，一天，纪晓岚和几位同僚一起，在书馆里校阅书稿。

纪晓岚因为身体肥胖，经不起炎热酷暑，于是就脱掉了上衣，赤着膀子，把辫子也盘到了头顶上。

不巧，这时，乾隆皇帝慢慢走进馆来。

当纪晓岚发觉时，已经来不及穿衣服了，于是他赶紧把脖子一缩，钻到了书桌下面。

其实，乾隆早就看见纪晓岚的动作了，但他佯作不知，就在馆里故意与其他官员闲聊，迟迟没有离去的意思。

后来，他又静坐在书桌旁，摆手示意其他的官员不要做声。

暑伏酷热，纪晓岚在桌子下面大汗淋漓，实在熬不住了，又听见外面静悄悄的，自以为乾隆已经走了，于是便伸出头来向外窥探，问同僚们：“老头子走了吗？”他话音刚落，就发现皇上正坐在自己的身旁呢！

乾隆听了不觉好笑，同僚们亦忍俊不禁。

乾隆佯怒道：“纪晓岚，你好无礼，怎么能讲出这般轻薄随便的话！为何叫我‘老头子’？如果你解释得体，就饶恕你，否则就砍了你的脑袋！”

众同僚都为纪晓岚捏了一把汗。

纪晓岚真不愧是铁齿铜牙，他从容地回答道：“皇上万寿无疆，这难道不叫‘老’吗？您顶天立地，至高无上，这难道不是‘头’吗？天与地是皇上的父母，您难道不是‘子’吗？这些合起来不就是‘老头子’吗？”

乾隆听了他的解释，立即转怒为喜，不但没有责罚，反而奖赏了他。

二桃杀三士

齐景公手下有三名勇士：公孙接、田开疆、古冶子。

有一天，晏子看到他们时，小步快走以表示对他们的敬意，但他们三人却一动不动，十分傲慢无礼。晏子十分不满，便去对齐景公说：“我听说，竖能的君王蓄养的勇士，对内可以制止暴乱，对外可以威慑敌人；君臣赞扬他们的功劳，百姓佩服他们的勇气。但现在大王您所蓄养的三位勇士，对上没有君臣之礼，对下也不遵循尊卑长幼的伦理；对内不能制止暴乱，对外不能威慑敌人，都是祸国殃民的人，不如赶快将他们斩掉。”

齐景公说："他们三个人都很有勇力。和他们硬拼，恐怕拼不过；暗中刺杀，又担心刺不中。"

晏子就出了个主意，请齐景公派人赏赐三位勇士两个桃子，并让他们按功劳大小去分吃两个桃子。

桃子送到他们面前时，公孙接最先说："我第一次打败了野猪，第二次又打败了母老虎，像我这样的功劳，应该能吃一个桃子。"于是，他拿起一个桃子。

田开疆说："我接连两次击退敌军，像我这样的功劳，也可以吃一个桃子。"说着也拿起一个桃子。

古冶子说："我曾经跟随国君横渡黄河时，大鳖咬住了国君的马，将马拖到了河的中间。我潜到水里，游了九里才抓住大鳖，把它杀死。像我这样的功劳，也可以单独吃一个桃子。你们快把桃子拿出来！"说罢，抽出宝剑站了起来。公孙接、田开疆说："我们不如您勇敢，功劳也不如您大，却拿着桃子不知谦让，这就是贪婪哪。如果再活着不死，那还有什么勇敢可言？"于是，他们两人都交出桃子，刎劲自杀了。古冶子看到这种情形，惭愧地说："他们两个都死了，我自己独活，这是不仁；吹捧自己而羞辱别人，这是不义；悔恨自己的言行，却不敢去死，这是无勇。"说完放下桃子，也刎颈自杀了。

晏子以他的智慧仅用两个桃子就杀掉了三个勇士，巧妙地除掉了国家的隐患。

断布劝夫

东汉的乐羊子，有位十分贤惠的妻子。

一次，乐羊子偶然在路上捡到一块金子，欢欢喜喜地把它拿回家，交给妻子。他以为妻子肯定会很高兴，没想到妻子见了金子，不但没有表现出愉悦的神色，反而板着脸严肃地说："我听说有志向的人，宁可渴死也不喝盗泉的水，宁可饿死也不接受别人吆喝着施舍的食物。更何况是捡拾别人丢失的东西呢？这么做是会玷污品行、名节的。"乐羊子听了，羞愧不已，连忙把那块金子放回原处。

后来，乐羊子辞别妻子，去远方拜师求学。过了一年，他突然回到家里。妻子正在织布，看到乐羊子走进家门，觉得很意外，就奇怪地问："你怎么这么快就回来了？"

乐羊子回答："我出门时间长了，有些想家，不知家里的情形怎么样，特地回来看看你。"

奇怪的是，妻子一听他这话，并没有流露出欣喜的神情。只见她站起来，去取了一把刀紧握在手里，走到织布机前，一下子割断了织机上的绢帛，然后指着绢帛，痛心地说："这些绢帛是我夜以继日、辛辛苦苦，一根丝一根丝地织出来的。我每天不停地织，一寸一寸地日积月累，才能织成一匹布。现在我把它割断，就前功尽弃，以前所花费的工夫都白白浪费了。读书也是同样的道理。你每天获得新的知识，不断地进行积累，才能完善自己，成就大业。如果你现在半途而废，这和我割断正在织的绢帛有什么区别呢？"

乐羊子被妻子的举动深深震动了，他呆立在原地，仔细回想妻子的话。他为自己意志薄弱，不能坚持不懈地学习感到惭愧。于是他再次告别妻子，离开家继续去求学。

期间，每当乐羊子想家，心里有打退堂鼓的念头时，妻子劝导他的情景就会浮现在他脑海中，使他坚定了学习的决心。一直到七年后，学有所成，乐羊子才回到家里和妻子团聚。

井里的银簪

在清朝的时候，有一个叫童辉的小朋友，他十分孝顺，而且从小聪明机智，尤其是遇事不慌，肯积极动脑筋想办法解决问题。因为他的父亲很早就去世了，只剩下母亲和童辉相依为命，所以家里比较贫穷。小童辉和母亲的日子虽然过得比较清苦，但因为母子两人互相体贴、互相照顾，所以在童辉和母亲的心里，这个家是他们最依恋最温暖的地方。

有一天，童辉的母亲从外面回来之后，就一直坐在桌边掉眼泪，饭也不吃，水也不喝。童辉从来没有见过母亲这个样子，心里很着急，于是问母亲："娘，您怎么啦？为什么哭呢？是不是遇到了什么不开心的事？您快告诉我吧，您别哭了。"说完就用小手一个劲地替母亲擦眼泪。母亲拉着小童辉的手说："孩子，今天娘去井边打水的时候，不小心将头上的银簪掉到井里去了。那可是你父亲留给娘唯一的纪念品，也是咱们家最值钱的东西。娘再苦再穷都没有舍得把它拿去换钱，可是现在却不小心一下子没有了。娘心里好难过。你别担心，过一会儿娘就没事了。孩子，你出去玩吧。"说完就让童辉到外面去找小朋友玩去，可是童辉放心不下母亲，不肯去玩，就留在家，陪在母亲的身边。他跟母亲说着话，想让母亲开心一点。母亲也看出了童辉的用意，于是，为了不让儿子担心，母亲装作没事儿的样子和童辉一起做起晚饭来。吃过晚饭之后，母亲收拾好屋子，早早地上床休息了，可童辉知道母亲根本没有睡着，母亲一直在想那个银簪的事情。听到母亲轻轻的叹息声，童辉再也坐不住了。他悄悄地开了门走出去，来到了白天母亲掉银簪的井边仔细观察了一下。井似乎不算太深，可是黑乎乎的，看不清楚。童辉只好回到家，躺在床上望着屋顶想办法，他想要用什么办法才能将银簪找回来呢？可想了一晚上也没有想出好办法来，渐渐地，童辉在不知不觉中睡着了。

第二天天刚亮，童辉就醒了。他睁开眼睛，听到母亲在外面做事的声音。他又想起了昨天的事情。当他无意间望着从窗户的小孔透进来的阳光时，童辉脑中灵光一闪，一个好办法浮现出来。他高兴地从床上跳起来，跑到正在外面打扫院子的母亲面前说："娘，我想到怎么将银簪子捞起来的办法了！"母亲看着童辉兴奋的脸，微笑着说："好孩子，别太为难了，簪子捡不回来就算了，别再为这事操心了。"童辉见母亲不相信，就拉着母亲来到了井边，指着那口井说："娘，我说的是真的。你看，这井并不是太深，只是太黑了看不见里面。因为没有办法看到簪子在什么位置，所以不知道该怎么去捞。现在我们只需要将太阳光照到这个井里面，不就可以看清楚簪子的位置了吗？"母亲听了觉得有道理，可怎么将太阳光引到井里面去呢？母亲疑惑地问自己的儿子，童辉笑着说："这好办，只要我们将镜子放在这里不就行了吗？"说完，童辉高兴地跑回家去取来了镜子。他将镜子放在井边，可光线只照到了一半，还是看不见井底。童辉歪着头想了想，又跑回家拿来了一面镜子。他将一面镜子斜放在井边，然后利用阳光在斜着的镜面上反射过来的光线，将第二面镜子朝下照，果然，经过这样一转弯，阳光一下子就照到了井底。在阳光的照耀下，躺在井底的银簪发出了银光。母亲高兴地用一根一头捆着小铁钩的木棍伸进井里。在童辉的帮助下，母亲很快就将银簪子捞了上来。这一来，母亲可高兴了，直夸儿子聪明可爱。能够让母亲开心，这就是童辉最大的心愿。看着母亲的笑容，童辉心里也是十分高兴。

聪明的童辉经过自己的努力，不仅让母亲找回了银簪，更重要的是让母亲感受到了一颗真诚的孝心。